Sir Arthur Conan Doyle
(1859-1930)

Sir Arthur Conan Doyle nasceu em Edimburgo, na Escócia, em 1859. Formou-se em Medicina pela Universidade de Edimburgo em 1885, quando montou um consultório e começou a escrever histórias de detetive. *Um estudo em vermelho*, publicado em 1887 pela revista *Beeton's Christmas Annual*, introduziu ao público aqueles que se tornariam os mais conhecidos personagens de histórias de detetive da literatura universal: Sherlock Holmes e dr. Watson. Com eles, Conan Doyle imortalizou o método de dedução utilizado nas investigações e o ambiente da Inglaterra vitoriana. Seguiram-se outros três romances com os personagens, além de inúmeras histórias, publicadas nas revistas *Strand*, *Collier's* e *Liberty* e posteriormente reunidas em cinco livros. Outros trabalhos de Conan Doyle foram frequentemente obscurecidos por sua criação mais famosa, e, em dezembro de 1893, ele matou Holmes (junto com o vilão professor Moriarty), tendo a Áustria como cenário, no conto "O problema final" (*Memórias de Sherlock Holmes*). Holmes ressuscitou no romance *O cão dos Baskerville*, publicado entre 1902 e 1903, e no conto "A casa vazia" (*A ciclista solitária*), de 1903, quando Conan Doyle sucumbiu à pressão do público e revelou que o detetive conseguira burlar a morte. Conan Doyle foi nomeado cavaleiro em 1902 pelo apoio à política britânica na guerra da África do Sul. Morreu em 1930.

Livros do autor na Coleção L&PM POCKET

Aventuras inéditas de Sherlock Holmes
O cão dos Baskerville
A ciclista solitária e outras histórias
Dr. Negro e outras histórias
Um escândalo na Boêmia e outras histórias
Um estudo em vermelho
A juba do leão e outras histórias
Memórias de Sherlock Holmes
A nova catacumba e outras histórias
Os seis bustos de Napoleão e outras histórias
O signo dos quatro
O solteirão nobre e outras histórias
O último adeus de Sherlock Holmes
O vale do terror
O vampiro de Sussex e outras histórias

ARTHUR CONAN DOYLE

Tradução de Jorge Ritter

Coleção **L&PM** POCKET, vol. 183

Texto de acordo com a nova ortografia.

Primeira edição na Coleção **L&PM** POCKET: maio de 2005
Esta reimpressão: março de 2019

Título original: *The Sign of the Four*

Tradução: Jorge Ritter
Capa: Ronaldo Alves
Revisão: Roberta Martins, Jó Saldanha e Larissa Roso

D754s

Doyle, Arthur Conan, Sir, 1859-1930
    O signo dos quatro / Arthur Conan Doyle; tradução de Jorge Ritter. – Porto Alegre: L&PM, 2019.
    160 p. ; 18 cm – (Coleção L&PM POCKET; v.183)

    ISBN 978-85-254-0923-2

    1. Ficção inglesa policial. I. Título. II. Série.

CDD 823.872
CDU 820-312.4

Catalogação elaborada por Izabel A. Merlo, CRB 10/329.

© da tradução, L&PM Editores, 2005

Todos os direitos desta edição reservados a L&PM Editores
Rua Comendador Coruja, 314, loja 9 – Floresta – 90.220-180
Porto Alegre – RS – Brasil / Fone: 51.3225.5777

PEDIDOS & DEPTO. COMERCIAL: vendas@lpm.com.br
FALE CONOSCO: info@lpm.com.br
www.lpm.com.br

Impresso na Gráfica e Editora Pallotti, Santa Maria, RS, Brasil
Verão de 2019

Sumário

Capítulo 1   A ciência da dedução / 7
Capítulo 2   A exposição do caso / 18
Capítulo 3   À procura de uma solução / 25
Capítulo 4   A história do homem calvo / 32
Capítulo 5   A tragédia de Pondicherry Lodge / 45
Capítulo 6   Sherlock Holmes dá uma demonstração / 55
Capítulo 7   O episódio do barril / 67
Capítulo 8   Os irregulares de Baker Street / 82
Capítulo 9   Uma falha na cadeia de eventos / 94
Capítulo 10 O fim do ilhéu / 107
Capítulo 11 O grande tesouro de Agra / 119
Capítulo 12 A estranha história de Jonathan Small / 127

Capítulo 1

A ciência da dedução

Sherlock Holmes pegou o frasco de cima do console da lareira e a seringa hipodérmica do elegante estojo marroquim. Com seus dedos longos, brancos e nervosos, ajustou a agulha fina e arregaçou o punho esquerdo da camisa. Por pouco tempo seus olhos pousaram pensativamente sobre o pulso e o antebraço vigoroso, todo manchado e marcado com inúmeras marcas de picadas. Finalmente, estocou a ponta aguda no braço, pressionou o pequeno êmbolo e afundou de volta na poltrona forrada de veludo com um longo suspiro de satisfação.

Três vezes ao dia, por muitos meses, fui testemunha dessa operação, mas o hábito não havia acostumado minha mente a ela. Ao contrário, a cada dia eu me tornara mais irritável com a visão, e minha consciência pesava à noite ao pensar que não tivera a coragem de protestar. Repetidas vezes havia jurado que devotaria minha alma ao assunto; mas havia algo no ar reservado e senhor de si do meu companheiro que o tornava o último homem com quem uma pessoa tomaria algo próximo de uma liberdade. Sua enorme capacidade, o modo imperioso e a experiência que tive de suas muitas qualidades extraordinárias, tudo isso me tornou hesitante e relutante em contrariá-lo.

No entanto naquela tarde, quer seja o Beaune que havia tomado no almoço, ou a exasperação adicional produzida pela sua maneira absolutamente metódica, subitamente senti que não conseguiria mais me segurar.

– O que é hoje – perguntei –, morfina ou cocaína?

Ele ergueu os olhos languidamente do velho volume com letras góticas que havia aberto.

– É cocaína – disse ele –, uma solução a sete por cento. Você gostaria de provar?

– Não, muito obrigado – respondi bruscamente. – Minha saúde ainda não se recuperou da campanha do Afeganistão. Não posso me dar ao luxo de forçá-la mais.

Ele sorriu ante a minha veemência.

– Talvez você esteja certo, Watson – disse ele. – Eu suponho que a influência da droga seja fisicamente ruim. Considero, no entanto, que ela é tão extraordinariamente estimulante e esclarecedora para a mente, que o seu efeito secundário é uma questão de pouca importância.

– Mas reflita! – eu disse com veemência. – Avalie o custo disso! O seu cérebro pode, como você diz, estar estimulado e excitado, mas trata-se de um processo patológico e mórbido, que envolve uma alteração dos tecidos cada vez maior e pode deixar no mínimo uma debilidade permanente. Você conhece também a depressão que se segue. Certamente o jogo não vale a pena. Por que você arriscaria, por um mero prazer passageiro, a perda das grandes capacidades com as quais você foi dotado? Lembre que eu não falo somente de um camarada para outro, mas como um médico até certo ponto responsável por sua saúde.

Ele não pareceu ofendido. Ao contrário, juntou as pontas dos dedos e apoiou os cotovelos nos braços da poltrona, como uma pessoa que aprecia uma conversa.

– Minha mente – disse ele – rebela-se contra a estagnação. Dê-me problemas, dê-me trabalho, dê-me o criptograma mais obscuro ou a mais intrincada análise, e estarei em meu elemento. Eu posso viver então sem estimulantes artificiais. Mas eu abomino a rotina monótona da existência. Eu anseio por excitação mental. Essa é a razão por que escolhi a minha própria profissão, ou, melhor dizendo, criei-a, pois sou o único no mundo.

– O único detetive particular? – perguntei, erguendo as sobrancelhas.

– O único detetive particular consultor – respondeu ele. – Eu sou a última e mais alta corte de apelação em investigação. Quando Gregson, ou Lestrade, ou Athelney Jones estão fora do seu ambiente – o que, aliás, é o seu estado natural –, o assunto me é apresentado. Eu examino os dados, como um perito, e dou um parecer de especialista. Não reivindico crédito algum nesses casos. Meu nome não aparece em nenhum jornal. O trabalho em si, o prazer de encontrar um campo para minhas aptidões peculiares, é a minha maior recompensa. Mas você mesmo teve alguma experiência dos meus métodos de trabalho no caso Jefferson Hope.

– Sim, realmente – eu disse cordialmente. – Nunca fiquei tão impressionado com algo em minha vida. Eu cheguei a incluí-lo em um folheto com o título de certa forma fantástico de *Um estudo em vermelho*.

Ele balançou a cabeça pesaroso.

– Eu passei os olhos nele – ele disse. – Honestamente, não posso congratulá-lo por isso. A investigação é, ou deve ser, uma ciência exata, e deve ser tratada da mesma forma fria e sem emoção. Você tentou dar um toque de romance nela, o que produz o mesmo efeito de se colocar uma história de amor, ou uma fuga para casar-se com o amante, na quinta proposição de Euclides.

– Mas o romance estava lá – protestei. – Eu não poderia adulterar os fatos.

– Alguns fatos devem ser suprimidos ou, pelo menos, um senso justo de proporção deve ser observado ao tratá-los. O único ponto no caso que merecia ser mencionado era a singular análise da relação entre os efeitos e as causas, através do qual consegui desvendá-lo.

Essa crítica a um trabalho feito especialmente para agradá-lo me incomodava. Confesso, também, que estava irritado com o egoísmo que parecia demandar que cada linha do meu folheto fosse devotada às suas proezas. Mais de uma vez, durante os anos em que vivi com ele em Baker Street, observei que havia uma pequena vaidade por trás do jeito calado e didático de meu companheiro. Não fiz comentário algum, entretanto, e continuei sentado acariciando minha perna ferida. Uma bala de mosquete afegão a havia trespassado algum tempo atrás, e apesar de isso não me impedir de caminhar, doía-me bastante a qualquer mudança do tempo.

– Meu exercício profissional expandiu-se recentemente para o continente europeu – disse Holmes após um tempo, enchendo o seu velho cachimbo de raiz de roseira. – Fui consultado semana passada por François le Villard, que, como você provavelmente sabe, tem se destacado no serviço francês de investigação. Ele tem o talento celta para a dedução rápida, mas é deficiente na ampla gama de conhecimentos exatos que é essencial para um maior desenvolvimento de sua arte. O caso dizia respeito a um testamento e possuía algumas características interessantes. Eu pude referir-lhe a dois casos paralelos, um em Riga, em 1857, e o outro em St. Louis, em 1871, que lhe sugeriram a verdadeira solução. Aqui está uma carta que recebi essa manhã agradecendo minha ajuda.

Enquanto falava, ele me jogou uma folha amassada de papel de carta estrangeiro. Lancei um olhar sobre ela, notando a profusão de exclamações de admiração, com *magnifiques*, *coup-de-maîtres* e *tours-de-force* espalhados pelo texto, todas comprovando a reverência ardente do francês.

– Ele fala como um discípulo para o seu mestre – eu disse.

– Oh, ele valoriza em demasia minha ajuda – disse Sherlock Holmes indiferente. – Ele tem talentos consideráveis. Possui duas das três qualidades necessárias para o detetive ideal. Tem a capacidade da observação e da dedução. Só lhe falta o conhecimento, e isso virá com o tempo. Ele está agora traduzindo meus pequenos trabalhos para o francês.

– Seus trabalhos?

– Oh, você não sabia? – ele exclamou rindo. – Sim, sou responsável por várias monografias. São todas sobre questões técnicas. Aqui, por exemplo, está uma: *Sobre a distinção entre as cinzas de vários tabacos*. Nela enumero 140 tipos de tabaco usados em charutos, cigarros e cachimbos, com lâminas coloridas ilustrando as diferenças nas cinzas. Trata-se de um ponto que está continuamente aparecendo nos processos criminais e que algumas vezes é de suprema importância como prova. Se você pode dizer com toda certeza, por exemplo, que um assassinato foi cometido por um homem que estava fumando um charuto *lunkah* hindu, isso obviamente estreitará o seu campo de pesquisa. Para o olho treinado, existe tanta diferença entre a cinza negra de um charuto *Trichinopoly* feito com o tabaco escuro do sul da Índia e o farelo branco de um caporal quanto entre uma couve e uma batata.

– Você tem um gênio extraordinário para minúcias – observei.

– Eu aprecio a sua importância. Aqui está a minha monografia sobre o rastreamento de pegadas, com algumas considerações sobre o uso de gesso de Paris como um conservador de impressões. Aqui, também, há um pequeno trabalho singular sobre a influência do ofício sobre a forma da mão, com litografias das mãos de telhadores, marinheiros, corticeiros, compositores, tecelões e lapidadores de diamantes. Trata-se de uma questão de grande interesse prático para o detetive científico – especialmente nos casos de corpos não identificados ou na descoberta dos antecedentes de criminosos. Mas eu o estou cansando com meu passatempo.

– Não, de forma alguma – respondi sinceramente. – Isto me interessa muito, especialmente levando-se em consideração que já tive a oportunidade de observar a sua aplicação prática. Mas você falou agora de observação e dedução. Seguramente, até certo ponto uma implica na outra.

– Dificilmente – respondeu ele, recostando-se voluptuosamente na sua poltrona e soltando anéis densos de fumaça azulada do cachimbo. – Por exemplo, a observação me mostra que você esteve na agência de correios de Wigmore Street nesta manhã, mas a dedução me diz que, ali chegando, você enviou um telegrama.

– Correto! – eu disse. – Correto em ambos os pontos! Mas confesso que não sei como você chegou a essa conclusão. Foi um impulso repentino de minha parte e não o mencionei para ninguém.

– Trata-se da simplicidade em si – observou ele, rindo irônico de minha surpresa –, tão absurdamente simples que uma explicação é supérflua; e, no entanto, pode servir para definir os limites da observação e da dedução. A observação me diz que você tem um pouco de barro avermelhado na sola do sapato. Exatamente na frente da agência de Wigmore Street, eles levantaram a calçada e jogaram um pouco de terra no caminho, que se encontra de tal forma que é difícil evitar pisar nela ao entrar. A terra é de uma tonalidade avermelhada peculiar que não é encontrada, que eu saiba, em nenhum outro lugar no bairro. Até aí é observação. O resto é dedução.

– Como, então, você deduziu o telegrama?

– Mas é claro, eu sabia que você não tinha escrito uma carta, visto que passei a manhã inteira sentado à sua frente. Também vejo que você tem uma folha de selos e um grosso maço de postais em sua escrivaninha aberta. Qual a razão para você ir à agência dos correios a não ser para enviar um telegrama? Elimine todos os outros fatores, e aquele que restar deve ser a verdade.

– Nesse caso certamente é assim – respondi, após pensar um pouco. – A coisa é, entretanto, como você diz, da maior simplicidade. Você me consideraria impertinente se eu fizesse um teste mais severo às suas teorias?

– Ao contrário – respondeu ele. – Isso evitaria que eu injetasse uma segunda dose de cocaína. Eu teria o maior prazer em analisar qualquer problema que você me submetesse.

– Ouvi dizer que é difícil para um homem ter qualquer objeto de uso diário sem deixar a marca da sua individualidade sobre ele, de tal forma que um observador treinado não possa interpretá-la. Agora, eu tenho aqui um relógio que recentemente passou a ser meu. Você teria a bondade de me dar uma opinião sobre o caráter ou os hábitos do último proprietário?

Eu lhe passei o relógio com uma leve malícia no coração, pois julgava o teste impossível, e minha intenção era que fosse uma lição contra o tom de certa forma dogmático que Holmes assumia ocasionalmente. Ele sentiu o relógio na mão, olhou intensamente o mostrador, abriu a parte de trás e examinou o mecanismo, primeiro a olho nu e então com uma poderosa lente convexa. Quase não consegui conter o riso diante de seu rosto desconcertado quando ele finalmente fechou o estojo do relógio e passou-o de volta.

– Quase não há elementos – observou ele. – O relógio foi recentemente limpo, o que me rouba dos fatos mais sugestivos.

– Você está certo – respondi. – Ele foi limpo antes de ser enviado para mim.

Em meu coração acusei meu companheiro de apresentar a desculpa mais estropiada e inepta para encobrir o seu fracasso. Que elementos ele poderia esperar de um relógio sujo?

– Apesar de insatisfatória, minha pesquisa não foi inteiramente improdutiva – observou ele, mirando fixamente o teto com olhos sonhadores e sem brilho. – Sujeito à sua correção, eu julgaria que o relógio pertenceu ao seu irmão mais velho, que o herdou do seu pai.

– Isso você deduz, sem dúvida, do H. W. gravado na parte de trás?

– Realmente. O W. sugere o seu próprio nome. A data do relógio é de quase cinquenta anos atrás, e as iniciais são tão antigas quanto o relógio: portanto ele foi feito para a geração passada. Joias normalmente são passadas para o filho mais velho, e o mais provável é que ele tenha o mesmo nome do pai. O seu pai, se bem me lembro, morreu há muitos anos. Portanto, o relógio esteve nas mãos do seu irmão mais velho.

– Correto até aqui – eu disse. – Algo mais?

– Ele era um homem desleixado – muito desleixado e descuidado. Ele foi deixado com boas perspectivas, mas jogou fora as suas chances; viveu por algum tempo na pobreza, com curtos intervalos ocasionais de prosperidade, e, finalmente, entregando-se à bebida, ele morreu. Isso é tudo que posso deduzir.

Eu saltei da minha cadeira e manquei impacientemente pela sala com o coração carregado de rancor.

– Isso não é digno de você, Holmes – eu disse. – Eu não poderia acreditar que você um dia desceria a esse nível. Você investigou a história do meu irmão infeliz, agora finge ter deduzido esse conhecimento de alguma forma elegante. Você não pode esperar que eu acredite que você leu tudo isso a partir do seu velho relógio! Isso é grosseiro e, falando com franqueza, tem um toque de charlatanismo.

– Meu querido doutor – ele disse afavelmente –, por favor, aceite as minhas desculpas. Vendo a questão como um problema abstrato, eu tinha esquecido quão pessoal e doloroso isso pode ser para você. Eu lhe asseguro, entretanto, que nunca soube que você tinha um irmão até você ter me passado o relógio.

– Então como, em nome de tudo que é sagrado, você chegou a esses fatos? Eles são absolutamente corretos em cada detalhe.

– Ah, isso foi boa sorte. Eu só poderia expor uma estimativa de probabilidades. Eu não esperava, de forma alguma, ser tão preciso.

– Mas não foi um mero palpite?

– Não, não; eu nunca adivinhei. Trata-se de um hábito chocante, destrutivo para o raciocínio lógico. O que parece estranho para você é somente assim, porque você não segue minha linha de pensamento ou observa os pequenos fatos sobre os quais grandes deduções podem ser feitas. Por exemplo, eu comecei afirmando que o seu irmão era descuidado. Ao observar a parte de baixo do estojo do relógio, nota-se que ele não só está amassado em dois pontos, mas está todo riscado e marcado devido ao hábito de manter outros objetos duros, tais como moedas ou chaves, no mesmo bolso. Certamente não é um grande feito presumir que um homem que trata um relógio de cinquenta guinéus de tal forma cavalheiresca seja um homem descuidado. Tampouco se trata de uma dedução muito exagerada dizer que um homem que herda um artigo de tal valor esteja suficientemente bem-provido em outros aspectos.

Eu inclinei a cabeça demonstrando que seguia o seu raciocínio.

– É bastante comum que os agiotas de casas de penhores na Inglaterra, quando aceitam um relógio, arranhem os números da caução com um alfinete no lado interno do estojo. É mais prático do que uma etiqueta, na medida em que não há risco de o número ser perdido ou trocado. Há pelo menos quatro desses números visíveis com minha lente do lado interno do estojo. Inferência: seu irmão estava seguidamente endividado. Inferência secundária: ele tinha rompantes ocasionais de prosperidade, ou ele não poderia ter resgatado o penhor. Finalmente, peço-lhe para olhar a tampa interna onde fica o buraco para a chave. Observe os milhares de arranhões em torno do buraco – marcas onde a chave escorregou. Qual chave de um homem sóbrio poderia ter feito essas ranhuras? Mas você nunca vai ver o relógio de um bêbado sem elas. Ele lhe dá corda à noite e deixa essas marcas da sua mão vacilante. Onde está o mistério nisso tudo?

– É claro como o dia – respondi. – Lamento a injustiça que lhe fiz. Eu deveria ter tido mais fé na sua capacidade maravilhosa. Posso perguntar-lhe se você tem alguma investigação profissional em andamento no momento?

— Nenhuma. Daí a cocaína. Não consigo viver sem trabalho intelectual. Que outra razão eu teria para viver? Fique aqui junto à janela. Já houve um mundo tão melancólico, lúgubre e inútil? Veja como o nevoeiro avança em remoinhos pela rua e desvia-se pelas casas acinzentadas. O que poderia ser mais irremediavelmente prosaico? Qual a utilidade de se ter aptidões, doutor, quando não se tem um campo concreto? O crime é banal, a existência é banal, e outras qualidades, salvo as que sejam banais, não têm qualquer função nesta Terra.

Eu havia aberto a boca para responder a essa tirada, quando, com uma batida firme, a nossa senhoria entrou, trazendo um cartão de visita sobre a bandeja de bronze.

— Uma jovem dama deseja vê-lo, senhor – disse ela, dirigindo-se para meu companheiro.

— Senhorita Mary Morstan – leu ele. – Hum! Não me lembro do nome. Peça para a jovem dama subir, sra. Hudson. Não vá, doutor. Eu preferiria que você ficasse.

Capítulo 2

A exposição do caso

A srta. Morstan entrou no quarto com o passo firme e aparentando compostura. Era uma jovem dama loira, pequena, refinada, com mãos enluvadas e vestida com o maior bom gosto possível. Havia, no entanto, naturalidade e simplicidade em suas roupas que denotavam meios limitados. O vestido era de lã leve, cinza-escuro, sem enfeites ou pontos, e ela vestia um pequeno turbante da mesma cor monótona, mitigado apenas por uma ameaça de uma pena branca em um dos lados. O rosto não tinha nenhuma regularidade de traços, tampouco uma beleza de compleição, mas a expressão era doce e amável, e os grandes olhos azuis eram singularmente vivos e simpáticos. Apesar de uma experiência com mulheres que se estende por muitas nações e três continentes distintos, eu jamais vira um rosto que me passasse de forma mais clara a promessa de uma natureza refinada e sensível. Não pude deixar de observar que, ao sentar-se na cadeira oferecida por Sherlock Holmes, seus lábios e mãos tremiam, e ela demonstrava todos os sinais de uma intensa agitação interna.

– Eu vim vê-lo, sr. Holmes – disse ela –, porque o senhor possibilitou que a minha patroa, sra. Cecil Forrester, solucionasse uma pequena complicação doméstica. Ela ficou muito impressionada com a sua bondade e capacidade.

– Sra. Cecil Forrester – repetiu ele pensativo. – Creio que lhe prestei um pequeno serviço. Até onde me lembro, entretanto, o caso era bastante simples.

– Ela não pensou assim. Mas pelo menos o senhor não poderá dizer o mesmo a respeito do meu. Não consigo imaginar nada mais estranho, mais profundamente inexplicável do que a situação em que me encontro.

Holmes esfregou as mãos, e seus olhos brilharam. Ele se inclinou para frente na cadeira, com uma expressão de extraordinária concentração em seus traços fortes e aquilinos.

– Exponha o seu caso – ele disse, com um tom firme e profissional.

Senti-me desconfortável.

– Estou certo de que a senhorita vai dar-me licença – eu disse, levantando-me da cadeira.

Para minha surpresa, a jovem dama ergueu a mão enluvada para deter-me.

– Se o seu amigo – disse ela – tiver a bondade de ficar, ele poderia me prestar um inestimável serviço.

Voltei a sentar-me na cadeira.

– Resumidamente – continuou ela –, os fatos são esses. O meu pai era um oficial no regimento hindu e mandou-me para casa quando eu era pequena. Minha mãe havia morrido e eu não tinha parentes na Inglaterra. Fui colocada em um internato confortável em Edimburgo e lá permaneci até os dezessete anos. No ano de 1878, meu pai, que era um capitão veterano em seu regimento, obteve doze meses de licença e voltou para casa. Ele me telegrafou de Londres, dizendo que havia chegado bem, e me disse para vir de uma vez, dando o Hotel Langham como o seu endereço. Sua mensagem, como me lembro, estava repleta de bondade e amor. Ao chegar a Londres, dirigi-me ao Langham e fui informada de que o capitão Morstan estava hospedado lá, mas que havia saído na noite anterior e não retornara. Esperei todo o dia sem notícias dele. Naquela noite, seguindo o conselho do gerente do hotel, comuniquei-me com a polícia, e na manhã seguinte colocamos anúncios em todos os jornais. Nossas investigações não deram resultado algum; e daquele dia até hoje nenhuma palavra foi ouvida sobre meu desventurado pai. Ele veio para casa com o coração cheio de esperança para encontrar um pouco de paz, um pouco de conforto e, em vez disso...

Ela colocou a mão na garganta, e um soluço engasgou-a, cortando a frase.

– A data? – perguntou Holmes, abrindo seu caderno de notas.

– Ele desapareceu no dia 3 de dezembro de 1878 – há quase dez anos.

– Sua bagagem?

– Permaneceu no hotel. Não havia nada nela que sugerisse uma pista – algumas roupas, alguns livros e um número considerável de curiosidades das ilhas de Andamã. Ele foi um dos oficiais responsáveis pelo regimento do presídio que lá existe.

– Ele tinha amigos em Londres?

– Apenas um que nós saibamos: o major Sholto, do seu próprio regimento, o 34º Regimento de Infantaria de Bombaim. O major havia se aposentado algum tempo antes e vivia em Upper Norwood. Nós entramos em contato com ele, é claro, mas ele sequer sabia que seu camarada de exército estava na Inglaterra.

– Um caso singular – observou Holmes.

– Eu ainda não lhe descrevi a parte mais singular. Cerca de seis anos atrás – para ser mais precisa, no dia 4 de maio de 1882 – um anúncio apareceu no *The Times* pedindo o endereço da srta. Mary Morstan e dizendo que seria de seu interesse apresentar-se. Não havia nome ou endereço no texto. Na época, eu recém começara a trabalhar como governanta para a família da sra. Cecil Forrester. Seguindo seu conselho, publiquei o meu endereço na coluna de anúncios. No mesmo dia, chegou pelo correio uma pequena caixa de papelão enviada para mim, na qual encontrei uma grande pérola resplandecente. Não havia nada escrito junto. Desde então, todo ano, na mesma data, chega uma caixa similar, contendo uma pérola similar, sem qualquer pista em relação ao remetente. Elas foram avaliadas por um perito como sendo de uma variedade rara e de considerável valor. O senhor pode ver por si mesmo como elas são belíssimas.

Ela abriu uma caixa chata enquanto falava e mostrou-me seis das mais admiráveis pérolas que já vi.

– O seu relato é muito interessante – disse Sherlock Holmes. – Algo mais aconteceu com a senhorita?

– Sim, e hoje mesmo. Essa é a razão por que vim vê-lo. Esta manhã recebi esta carta. Talvez o senhor mesmo queira lê-la.

– Obrigado – disse Holmes. – O envelope também, por favor. Carimbo de Londres, S.W. Data, 7 de setembro. Hum! A marca do polegar de um homem no canto – provavelmente o carteiro. Papel da melhor qualidade. Envelopes de seis pence o maço. Homem exigente em seus artigos de papelaria. Sem endereço. "Esteja no terceiro pilar a partir da esquerda no Lyceum Theatre esta noite, às sete horas. Se você estiver desconfiada, traga dois amigos. Você é uma mulher injustiçada e deverá ter justiça. Não traga a polícia. Se o fizer, tudo terá sido em vão. Seu amigo desconhecido." Bom, realmente, esse é um pequeno mistério bastante interessante! O que a senhorita pretende fazer, srta. Morstan?

– É exatamente isso que eu gostaria de perguntar ao senhor.

— Então, nós certamente iremos juntos, a senhorita e eu e, sim! O dr. Watson é o homem perfeito para esta ocasião. Seu correspondente fala em dois amigos. O doutor e eu já trabalhamos juntos antes.

— Mas e ele viria conosco? – perguntou ela com um tom de apelo em sua voz e expressão.

— Será uma honra e satisfação – eu disse com entusiasmo – se eu puder ajudar de alguma forma.

— Vocês dois são muito bondosos – respondeu ela. – Tenho levado uma vida reservada e não tenho amigos a quem apelar. Suponho que se estiver aqui às seis horas estará bom?

— A senhorita não pode chegar mais tarde que isso – disse Holmes. – Há um outro ponto, no entanto. Esta caligrafia é igual à dos endereços das caixas com pérolas?

— Eu as tenho aqui – respondeu ela, apresentando meia dúzia de pedaços de papel.

— A senhorita é certamente uma cliente ideal. Tem a intuição correta. Vamos ver, agora. Holmes espalhou os papéis sobre a mesa e lançou olhares rápidos de um para o outro. – Elas são caligrafias disfarçadas, com exceção da carta – disse ele um pouco depois –, mas não pode haver dúvida quanto à autoria. Veja como o irrepreensível *e* grego se expande, e o floreio final do *s*. Eles são sem dúvida feitos pela mesma pessoa. Eu não gostaria de dar falsas esperanças, srta. Morstan, mas há uma semelhança entre essa caligrafia e a do seu pai?

— Nada poderia ser mais diferente.

— Eu esperava ouvi-la dizer isso. Nós a esperaremos, então, às seis horas. Permita-me ficar com os papéis. Talvez eu os examine até lá. São recém três e meia. *Au revoir*, então.

— *Au revoir* – disse nossa visitante, e, com um olhar

vivo e amável de um para o outro, ela recolocou a caixinha com pérolas junto ao colo e saiu rapidamente.

Parado junto à janela, observei-a caminhando a passos rápidos rua abaixo até o turbante cinza e a pena branca tornarem-se um pontinho na multidão melancólica.

– Mas que mulher atraente! – exclamei, voltando-me para meu companheiro.

Ele havia acendido seu cachimbo novamente e estava recostando-se de volta com as pálpebras semicerradas. – É mesmo? – disse ele languidamente. – Não havia observado.

– Você realmente é um autômato... uma máquina de calcular – exclamei. – Existe algo positivamente desumano em você às vezes.

Ele sorriu bondosamente.

– É de vital importância – disse ele – não deixar que o seu julgamento seja influenciado por qualidades pessoais. Um cliente é para mim uma mera unidade, um fator em um problema. As qualidades emocionais são antagonistas para um claro raciocínio. Eu lhe asseguro que a mulher mais encantadora que já conheci foi enforcada por envenenar três crianças pequenas pelo dinheiro do seguro, e o homem mais repulsivo que conheço é um filantropo que gastou quase um quarto de milhão com os pobres de Londres...

– Nesse caso, porém...

– Eu nunca faço exceções. Uma exceção invalida a regra. Você já teve a oportunidade de estudar o caráter das pessoas através da sua escrita à mão? O que me diz dos rabiscos desse sujeito?

– São legíveis e regulares – respondi. – Um homem de negócios e alguma força de caráter.

Holmes sacudiu a cabeça.

— Observe as suas letras ascendentes e descendentes — disse ele. — Elas mal se sobressaem do restante. Aquele *d* poderia ser um *a*, e aquele *l* um *e*. Homens de caráter sempre diferenciam as suas letras alongadas, por mais ilegíveis que sejam suas caligrafias. Há indecisão nos *k*s e amor-próprio nas letras maiúsculas. Vou sair agora. Tenho algumas consultas a fazer. Deixe-me recomendar este livro — um dos mais extraordinários já escritos. Trata-se de *Martírio do homem*, de Winwood Reade. Devo estar de volta em uma hora.

Sentei-me junto à janela com o volume na mão, mas meus pensamentos estavam longe das ousadas especulações do autor. Minha mente voltou-se para a nossa recente visitante — os seus sorrisos, o timbre rico e profundo da sua voz, o estranho mistério que pairava sobre sua vida. Se ela tinha dezessete anos na época do desaparecimento de seu pai, devia ter 27 anos agora — uma idade encantadora, quando a juventude perdeu a sua inibição e tornou-se um pouco mais madura com a experiência. Assim fiquei nesse devaneio, até me virem pensamentos perigosos à cabeça, e voltei correndo para minha escrivaninha, para mergulhar furiosamente no meu último tratado de patologia. Quem era eu, um cirurgião do exército com uma perna debilitada e uma conta bancária mais debilitada ainda, para me atrever a pensar em tais coisas? Ela era uma unidade, um fator — nada mais. Se meu futuro era negro, certamente era melhor enfrentá-lo como homem do que tentar abrilhantá-lo com ilusões da imaginação.

Capítulo 3

À procura de uma solução

Já eram mais de cinco e meia quando Holmes voltou. Ele estava radiante, animado e com um excelente humor, um estado que, em seu caso, alternava-se com acessos da mais profunda depressão.

– Não há um grande mistério neste caso – disse ele, aceitando a xícara de chá que eu lhe havia servido –, os fatos parecem admitir apenas uma explicação.

– O quê? Você já o solucionou?

– Bom, isso seria um exagero dizer. Eu descobri um fato sugestivo, isso é tudo. Ele é, entretanto, *muito* sugestivo. Os detalhes ainda precisam ser acrescentados. Acabei de ficar sabendo, ao consultar os arquivos antigos do *The Times*, que o major Sholto, de Upper Norwood, pertencente ao 34º Regimento de Infantaria de Bombaim, morreu no dia 28 de abril de 1882.

– Eu posso ser muito obtuso, Holmes, mas não consigo ver o que isso sugere.

– Não? Você me surpreende. Veja desta forma, então. O capitão Morstan desaparece. A única pessoa em Londres que ele poderia ter visitado é o major Sholto. O major Sholto nega que tenha ficado sabendo que ele estava em Londres. Quatro anos mais tarde Sholto morre. *Após uma semana de sua morte*, a filha do capitão Morstan recebe um presente valioso, que é repetido ano a ano e agora culmina em uma carta que a descreve como uma mulher injustiçada. A que injustiça ela pode referir-se, com exceção da privação da companhia do seu pai? E por que os presentes deveriam começar imediatamente após a morte de Sholto, a não ser que um herdeiro dele saiba algo do mistério e deseje compensá-la? Você tem qualquer teoria alternativa que possa ir de encontro aos fatos?

— Mas que estranha compensação! E que forma surpreendente de fazê-la! Por que, também, ele escreveria uma carta agora, em vez de seis anos atrás? Além disso, a carta fala em fazer-lhe justiça. Que justiça ela pode ter? É muita coisa supor que o seu pai ainda esteja vivo. Que você saiba, não há outra injustiça no caso dela.

— Há dificuldades, certamente há dificuldades — disse Sherlock Holmes pensativo —, mas a nossa expedição de hoje à noite vai resolvê-las todas. Ah, chegou o nosso cupê e a srta. Morstan está dentro. Você está pronto? Então é melhor nós descermos, pois já passamos um pouco da hora.

Apanhei meu chapéu e minha bengala mais pesada, mas observei que Holmes pegou seu revólver da gaveta e o enfiou no bolso. Era claro que ele pensava que o nosso trabalho noturno talvez fosse sério.

A srta. Morstan estava agasalhada com uma capa escura, e seu rosto sensível estava sereno, mas pálido. Ela teria de ser mais do que uma mulher se não estivesse sentindo alguma insegurança com o estranho empreendimento em que estávamos nos envolvendo. No entanto, o seu autocontrole era perfeito, e ela respondeu prontamente às poucas questões adicionais que Sherlock Holmes lhe fez.

— O major Sholto era um amigo muito especial do papai — disse ela. — Suas cartas estavam repletas de alusões ao major. Ele e papai estavam no comando das tropas nas ilhas de Andamã, então passaram por muitas coisas juntos. Aliás, foi encontrado um papel curioso na escrivaninha do papai que ninguém conseguiu entender. Eu não creio que tenha qualquer importância, mas pensei que o senhor gostaria de vê-lo, de modo que o trouxe comigo. Aqui está.

Holmes desdobrou o papel cuidadosamente e alisou-o sobre o joelho. Então, muito metodicamente, examinou-o com sua lente dupla.

– Trata-se de um papel feito na Índia – observou. – Ele foi colocado em um quadro por algum tempo. O diagrama sobre ele parece ser a planta de parte de um grande prédio com numerosos saguões, corredores e passagens. Em um ponto há uma pequena cruz em tinta vermelha e acima dela foi escrito a lápis "3.37 a partir da esquerda" e apagado. No canto esquerdo há um curioso hieróglifo com quatro cruzes em linha com os braços se tocando. Ao lado está escrito em caracteres toscos e grosseiros: "O signo dos quatro – Jonathan Small, Mahomet Singh, Abdullah Khan, Dost Akbar". Não, confesso que não consigo ver como isto se relaciona com o caso. No entanto, trata-se evidentemente de um documento importante. Ele foi mantido cuidadosamente em uma carteira de documentos, pois um lado é tão limpo quanto o outro.

– Foi em sua carteira de documentos que o encontramos.

– Então guarde-o com cuidado, srta. Morstan, pois ele pode nos ser útil. Eu começo a suspeitar que este assunto pode vir a ser muito mais profundo e sutil do que eu originalmente supus. Devo reconsiderar minhas ideias.

Ele se recostou novamente no cupê, e pude ver por seu semblante fechado e olhar vago que estava mergulhado em pensamentos. A srta. Morstan e eu conversamos em um tom baixo sobre a expedição em andamento e o seu possível resultado, mas nosso companheiro manteve sua reserva impenetrável até o final da nossa jornada.

Ainda não eram sete horas de uma noite de setembro, mas havia sido um dia sombrio, e um nevoeiro denso e chuvoso envolvia a grande cidade. Nuvens com um tom escuro caíam tristemente sobre as ruas enlameadas. Passando pela Strand, as lâmpadas eram apenas manchas indistintas de luz difusa que jogavam um débil brilho circular sobre o calçamento escorregadio. O clarão amarelo das vitrines das lojas refletia-se sobre o ar vaporoso e enevoado, projetando uma luz sombria e evasiva através da rua de tráfego intenso. Havia a meu ver algo de sinistro e fantasmagórico na procissão sem fim de rostos que passavam rapidamente por esses estreitos fachos de luz – rostos tristes e alegres, abatidos e joviais. Como toda a humanidade, eles passavam da sombra para a luz e novamente para a sombra. Eu não me impressiono facilmente, mas a noite sombria e pesada e a estranha missão em que estávamos engajados combinavam-se para tornar-me nervoso e deprimido. Eu podia ver pelo jeito da srta. Morstan que ela estava sentindo o mesmo. Somente Holmes pairava acima de influências menores. Ele mantinha seu caderno de apontamentos aberto sobre o joelho e, de quando em quando, anotava números e lembretes com a luz da sua lanterna de bolso.

No Lyceum Theatre, o público já se aglomerava nas entradas laterais. À frente do teatro, um fluxo contínuo de carruagens e cupês desembarcava apressadamente suas cargas de homens com camisas engomadas e mulheres usando xales e diamantes. Logo após chegarmos ao terceiro pilar, que era o nosso ponto de encontro, um homem pequeno, moreno e vivaz, vestido de cocheiro, aproximou-se de nós.

— Vocês são as pessoas que vão acompanhar a srta. Morstan? – perguntou ele.

— Eu sou a srta. Morstan e esses dois cavalheiros são meus amigos – ela disse.

Ele concentrou um par de olhos assombrosamente penetrantes e indagadores sobre nós.

— A senhorita vai me desculpar – disse ele, um tanto teimosamente –, mas eu lhe peço que me dê sua palavra de que nenhum dos seus acompanhantes é um policial.

— Dou-lhe minha palavra a esse respeito – respondeu ela.

Ele deu um assobio agudo e um garoto de rua trouxe um cupê e abriu a porta. O homem que havia nos abordado sentou na boleia, enquanto nós assumimos os nossos lugares dentro. Mal tínhamos nos sentado quando o cocheiro fustigou o cavalo e saímos em alta velocidade pelas ruas enevoadas.

A situação era singular. Estávamos nos dirigindo para um lugar desconhecido, com um propósito desconhecido. No entanto, ou nosso convite era uma completa farsa – o que era uma hipótese inconcebível – ou de outra forma tínhamos bons motivos para acreditar que questões importantes poderiam depender da nossa jornada. A conduta da srta. Morstan continuava resoluta e composta como antes. Tentei alegrá-la e diverti-la com as reminiscências das minhas aventuras no Afeganistão. Mas, para dizer a verdade, eu mesmo estava tão excitado com nossa situação e tão curioso com o nosso destino que minhas histórias ficaram um pouco comprometidas. Até hoje ela diz que eu lhe contei uma história patética sobre como um mosquete olhou para dentro da minha barraca no meio da noite, e como atirei nele com um filhote de tigre de dois canos. A princípio eu tinha alguma ideia quanto à direção que estávamos indo, mas logo, com o nosso ritmo, o nevoeiro e meu próprio conhecimento limitado de Londres, perdi a direção e não sabia mais nada, salvo que parecia que estávamos indo muito longe. No entanto, Sherlock Holmes nunca estava equivocado, e ele murmurava os nomes das ruas enquanto o cupê chacoalhava através de praças, entrando e saindo de ruelas tortuosas.

– Rochester Row – ele disse. – Agora Vincent Square. Agora nós saímos na Vauxhall Brigde Road. Aparentemente, estamos nos dirigindo para os lados de Surrey. Sim, isso que eu imaginava. Agora nós estamos na ponte. Vocês podem ver o rio de relance.

Realmente, vimos ligeiramente uma parte do Tâmisa, com as luminárias refletindo-se sobre a água extensa e silenciosa, mas nosso cupê seguiu adiante e logo estava dentro de um labirinto de ruas do outro lado.

– Wordsworth Road – disse meu companheiro. – Priory Road. Lark Hall Lane. Stockwell Place. Robert Street. Cold Harbour Lane. Nossa expedição não parece estar nos levando para zonas muito elegantes.

De fato, havíamos chegado a um bairro suspeito e ameaçador. Longas fileiras de casas de tijolos sombrias só eram atenuadas pelo brilho ordinário e pelas luminárias de mau gosto das tabernas nas esquinas. Seguiram-se ruas de sobrados, cada um com um pequeno jardim à frente, e então novamente fileiras intermináveis de prédios novos com fachadas berrantes de tijolos – os tentáculos monstruosos que a cidade gigante estava jogando sobre o campo. Finalmente o cupê parou à frente da terceira casa em um terrapleno novo. Nenhuma das outras casas estava ocupada, e aquela onde paramos estava escura como os seus vizinhos, salvo por uma única luz fraca na janela da cozinha. Ao batermos na porta, no entanto, ela foi aberta imediatamente por um empregado hindu, de turbante amarelo, roupas folgadas brancas e uma faixa amarela. Havia algo estranhamente inadequado nessa figura oriental enquadrada na porta comum de uma casa suburbana de terceira categoria.

– O *sahib** os espera – ele disse, e enquanto falava, ouviu-se uma voz aguda e sibilante vinda de uma sala interna.

– Traga-os aqui, *khitmutgar*** – disse a voz. – Traga-os logo à minha presença.

---

* Título respeitoso dado aos europeus na antiga Índia britânica, em hindustani. (N.T.)

** Criado, em hindustani. (N.T.)

Capítulo 4

A história do homem calvo

Nós seguimos o hindu por um corredor sórdido e vulgar, mal-iluminado e mobiliado de forma pior ainda, até chegarmos a uma porta do lado direito, que ele abriu. Uma luz amarela intensa jorrou sobre nós, e no centro dessa claridade ofuscante estava um homem pequeno com uma cabeça pontiaguda, orlada por uma linha de cabelos ruivos eriçados e uma calva brilhante que se destacava como o pico de uma montanha emergindo de uma floresta de pinheiros.

Ele torcia as mãos enquanto parava de pé, as feições em contínuo movimento – ora sorrindo, ora assumindo um ar sério, mas nem por um instante em repouso. A natureza havia lhe dado um lábio caído e uma linha demasiado visível de dentes amarelados e irregulares, que ele tentava em vão esconder passando constantemente a mão sobre a parte inferior do rosto. Apesar da calvície indiscreta, ele aparentava ser jovem. Na realidade, recém fizera trinta anos.

– Estou a seu dispor, srta. Morstan – ele seguiu repetindo com uma voz fina e aguda. – A seu dispor, cavalheiros. Por favor, entrem em meu pequeno santuário. Um lugar pequeno, senhorita, mas mobiliado de acordo com meu gosto. Um oásis de arte no árido deserto de South London.

Estávamos impressionados com a aparência do aposento para onde havíamos sido convidados. Naquela casa sem graça ele parecia tão fora de lugar quanto um diamante de primeira água em um engaste de latão. As cortinas e tapeçarias mais ricas e sofisticadas cobriam as paredes, dobradas aqui e ali para expor alguma pintura ricamente emoldurada ou um vaso oriental. O tapete era negro e cor de âmbar, tão macio e espesso que o pé afundava agradavelmente, como em um leito de musgos. Duas grandes peles de tigre atravessando de lado a lado o aposento aumentavam a sugestão de luxo oriental, assim como um enorme narguilé pousado em uma esteira no canto. Uma lamparina no formato de uma pomba de prata pendia de um fio de ouro quase invisível no centro da sala. Na medida em que ardia, ela carregava o ar com um odor sutil e aromático.

– Sr. Thaddeus Sholto – disse o pequeno homem, ainda com trejeitos e sorrindo. – Este é o meu nome. A senhorita, obviamente, é a srta. Morstan. E os cavalheiros...

– Este é o sr. Sherlock Holmes e esse é o dr. Watson.

– Um médico, eh? – ele exclamou. – Trouxe o seu estetoscópio consigo? Posso pedir-lhe que... o senhor teria a bondade? Tenho graves dúvidas quanto à minha válvula mitral, se o senhor fosse gentil e me fizesse esse favor. Na aorta eu confio, mas eu gostaria da sua opinião sobre a mitral.

Auscultei-lhe o coração, como pedido, mas não consegui encontrar nada de errado, salvo, realmente, que ele estava em um êxtase de medo, pois tremia da cabeça aos pés.

– Parece estar normal – eu disse. – O senhor não tem motivo para preocupar-se.

– A senhorita vai desculpar a minha ansiedade, srta. Morstan – exclamou ele aliviado. – Eu sou um homem muito doente e há muito tinha suspeitas sobre essa válvula. Estou encantado em saber que elas eram infundadas. Se o seu pai, srta. Morstan, tivesse poupado o coração de tamanho esforço, poderia estar vivo agora.

Eu poderia ter acertado o homem no rosto, tamanha era minha fúria diante dessa referência desumana e desproposidada a um assunto tão delicado. A srta. Morstan sentou-se e o rosto tornou-se pálido até os lábios.

– Eu sabia no meu íntimo que ele estava morto – disse ela.

– Eu posso dar-lhe todas as informações – disse ele –, e tem mais: posso fazer-lhe justiça e certamente a farei, qualquer que seja a reação de irmão Bartholomew. Estou muito contente que a senhorita tenha amigos aqui não apenas como companhia, mas também como testemunhas do que vou fazer e dizer. Nós três podemos enfrentar o irmão Bartholomew. Mas não vamos envolver pessoas de fora... policiais ou autoridades. Podemos resolver tudo satisfatoriamente entre nós sem qualquer interferência. Nada iria incomodar mais o irmão Bartholomew do que qualquer publicidade.

Ele se sentou sobre um sofá baixo e piscou curioso para nós, com seus olhos azuis dóceis e lacrimejantes.

– De minha parte – disse Holmes –, tudo o que você quiser dizer não sairá daqui.

Acenei com a cabeça demonstrando estar de acordo.

– Isso é muito bom! Isso é muito bom! – ele disse. – Posso lhe oferecer um cálice de Chianti, srta. Morstan? Ou de Tokay? Não tenho outros vinhos. Devo abrir uma garrafa? Não? Bom, então, creio que a senhorita não fará objeção ao fumo de tabaco, ao odor balsâmico do tabaco oriental. Estou um pouco nervoso e considero o meu narguilé um sedativo inestimável.

Ele aproximou uma chama de vela ao vaso grande, e a fumaça borbulhou divertidamente pela água de rosas. Nós sentamos em um semicírculo, com nossas cabeças inclinadas e os queixos apoiados nas mãos, enquanto o homenzinho estranho e agitado, com sua cabeça pontiaguda e brilhante, dava baforadas inquietamente no centro.

– Quando decidi comunicar-me com a senhorita – ele disse – eu poderia ter-lhe dado o meu endereço, mas temia que a senhorita desconsiderasse meu pedido e trouxesse consigo pessoas desagradáveis. Tomei a liberdade, portanto, de marcar um encontro de tal forma que meu homem, Williams, pudesse vê-la antes. Eu tenho total confiança no seu julgamento, e ele tinha ordens, caso não estivesse satisfeito, de não prosseguir com o assunto. A senhorita vai desculpar essas precauções, mas eu sou um homem de gostos discretos, diria até refinados, e não há nada mais antiestético do que um policial. Tenho uma aversão natural por todas as formas de materialismo grosseiro. Raramente faço contato com a multidão bruta. Eu vivo, como a senhorita pode ver, cercado por uma certa atmosfera de elegância. Posso considerar-me um benfeitor das artes. É a minha fraqueza. A paisagem é um legítimo Corot, e, apesar de que um conhecedor possa lançar uma dúvida sobre aquele Salvador Rosa, não pode haver dúvida alguma sobre o Bouguereau. Tenho uma inclinação pela escola francesa moderna.

– O senhor vai me desculpar, sr. Sholto – disse a srta. Morstan –, mas estou aqui a seu pedido para saber de algo que o senhor deseja contar-me. É muito tarde, e eu gostaria que essa conversa fosse a mais curta possível.

– Na melhor das hipóteses, isso vai levar algum tempo – respondeu ele –, pois nós certamente temos de ir a Norwood e ver o meu irmão Bartholomew. Devemos ir e tentar conseguir o melhor do meu irmão. Ele está muito bravo comigo por eu ter assumido o curso que me parecia ser o melhor. Tivemos uma discussão acalorada na noite passada. Os senhores não podem imaginar que homem terrível ele é quando está irado.

– Se nós vamos para Norwood, talvez seja melhor sairmos agora – arrisquei-me a observar.

Ele riu até as orelhas ficarem vermelhas.

– Isso em nada adiantaria – exclamou ele. – Eu não sei o que ele diria se eu os trouxesse de forma tão repentina. Não, eu tenho de prepará-los definindo a situação em que estamos uns em relação aos outros. Em primeiro lugar, devo lhes dizer que há vários pontos na história que eu próprio ignoro. Posso expor-lhes os fatos até onde sei.

"Meu pai foi, como os senhores devem ter conjeturado, o major John Sholto, outrora do exército indiano. Ele se aposentou há cerca de onze anos e veio viver em Pondicherry Lodge, em Upper Norwood. Ele havia prosperado na Índia e trouxe de volta consigo uma soma considerável de dinheiro, uma grande coleção de curiosidades valiosas e um séquito de criados nativos. Com isso, ele comprou uma casa e viveu com bastante luxo. Meu irmão gêmeo Bartholomew e eu éramos seus únicos filhos.

"Lembro-me muito bem da sensação causada pelo desaparecimento do capitão Morstan. Nós lemos os detalhes nos jornais e, sabendo que ele havia sido um amigo de nosso pai, discutimos o caso livremente na sua presença. Ele costumava juntar-se às nossas especulações sobre o que poderia ter acontecido. Nunca por um instante suspeitamos que ele tivesse todo o segredo escondido no seu próprio coração, que, de todos os homens, fosse o único que sabia do destino de Arthur Morstan.

"Nós sabíamos, porém, que algum mistério, algum perigo real, pairava sobre o nosso pai. Ele tinha muito medo de sair sozinho e sempre empregava dois lutadores profissionais para atuar como seguranças em Pondicherry Lodge. Williams, que os trouxe hoje à noite, era um deles. Ele foi um dia campeão na categoria peso leve na Inglaterra. Nosso pai nunca nos dizia o que temia, mas tinha uma aversão enorme por homens com perna de pau. Em uma ocasião, ele realmente deu um tiro em um homem com uma perna de pau, que provou ser um comerciante inofensivo fazendo seu trabalho. Tivemos de pagar uma grande soma para abafar o caso. Meu irmão e eu pensávamos que fosse uma mera extravagância de nosso pai, mas os eventos desde então nos levaram a mudar de opinião.

"No início de 1882, meu pai recebeu uma carta da Índia que foi um grande choque para ele. Ele quase desmaiou sobre a mesa do café da manhã quando a abriu e, daquele dia em diante, ele esteve doente até a sua morte. O que havia na carta nós nunca conseguimos descobrir, mas eu pude ver enquanto ele a segurava que ela era curta e fora escrita às pressas. Ele havia sofrido por anos com uma dilatação do baço, mas agora o seu estado estava piorando rapidamente e perto do final de abril nós fomos informados de que ele estava além de qualquer esperança e que gostaria de falar conosco por uma última vez.

"Quando entramos no seu quarto, ele estava amparado por travesseiros e respirava pesadamente. Suplicou que trancássemos a porta e nos colocássemos um de cada lado da cama. Então, segurando as nossas mãos, fez-nos uma declaração extraordinária com uma voz entrecortada tanto pela emoção quanto pela dor. Eu vou tentar reproduzi-la com as suas próprias palavras.

"'– Eu tenho só uma coisa – disse ele – que pesa em minha consciência neste momento supremo. É o tratamento que dispensei para a órfã do pobre Morstan. A maldita ganância, que tem sido meu pecado por toda a vida, impediu que ela recebesse sua parte do tesouro, metade do qual, pelo menos, deveria ter sido dela. E no entanto eu mesmo não fiz uso dele, tão cega e idiota é a avareza. O mero sentimento de posse tem sido tão querido para mim que eu não suportaria compartilhá-lo com outra pessoa. Vejam aquela coroa de pérolas ao lado da garrafa de quinino. Mesmo daquilo eu não conseguia suportar desfazer-me, apesar de tê-la pegado com a intenção de enviá-la. Vocês, meus filhos, vão dar-lhe uma parte justa do tesouro de Agra. Mas não lhe enviem nada – nem mesmo a coroa – até eu ter partido. Até porque algumas pessoas já estiveram em uma situação tão ruim como esta e se recuperaram.

"'Eu vou lhes dizer como Morstan morreu – continuou. – Ele havia sofrido por anos com o coração fraco, mas escondia o fato de todos. Somente eu o sabia. Quando na Índia, eu e ele, através de uma cadeia extraordinária de circunstâncias, viemos a possuir um tesouro considerável. Eu o trouxe para a Inglaterra, e na noite da chegada de Morstan, ele veio direto para cá para reivindicar a sua parte. Veio da estação caminhando e foi recebido pelo meu velho e fiel Lal Chowdar, que está morto agora. Morstan e eu tínhamos uma diferença de opinião com relação à divisão do tesouro e tivemos uma discussão acalorada. Morstan havia saltado da cadeira em um acesso de fúria, quando subitamente levou a mão ao peito, o rosto assumiu uma coloração escura e ele caiu para trás, batendo a cabeça contra o canto da caixa do tesouro. Quando me inclinei sobre ele, percebi, para meu horror, que estava morto.

"'Por um longo tempo, sentei atordoado, pensando no que poderia fazer. Meu primeiro impulso foi, é claro, pedir ajuda, mas não pude deixar de reconhecer que havia grandes chances de eu ser acusado de assassinato. A sua morte no momento de uma briga e o corte na sua cabeça seriam provas terríveis contra mim. Além disso, uma investigação oficial não poderia ser feita sem elucidar alguns fatos a respeito do tesouro que eu estava particularmente ansioso em manter em segredo. Ele me contara que ninguém no mundo sabia do seu paradeiro. Não parecia haver necessidade de que qualquer um viesse a saber.

"'Eu ainda estava ponderando sobre o assunto, quando, ao erguer os olhos, vi meu criado, Lal Chowdar, no vão da porta. Ele se esgueirou para dentro e trancou-a atrás de si. '– Não tema, *sahib*' – disse ele –, 'ninguém precisa saber que o senhor o matou. Vamos escondê-lo, quem ficaria sabendo?' '– Eu não o matei –' eu disse. Lal Chowdar sacudiu a cabeça e sorriu. '– Eu ouvi tudo, *sahib*' – ele disse – 'eu ouvi a briga e ouvi o golpe. Mas meus lábios estão cerrados. Todos estão dormindo na casa. Vamos escondê-lo juntos.' Isso foi o suficiente para que eu tomasse uma decisão. Se o meu próprio criado não acreditava em minha inocência, como eu poderia esperar me sair bem diante de doze comerciantes idiotas na banca dos jurados? Lal Chowdar e eu nos livramos do corpo naquela noite, e em alguns dias os jornais de Londres davam um enorme espaço para o misterioso desaparecimento do capitão Morstan. Vocês verão pelo que lhes conto que mal posso ser culpado no caso. Minha falha encontra-se no fato de que eu escondi não somente o corpo, mas também o tesouro, e que eu tenha me apegado à parte de Morstan, assim como à minha própria. Portanto, eu gostaria que vocês fizessem a restituição. Aproximem os seus ouvidos da minha boca. O tesouro está escondido em...'

"Nesse instante, uma mudança horrível ocorreu em sua expressão; seus olhos arregalaram-se, o queixo caiu, e ele gritou, com uma voz que não consigo esquecer, '– Não o deixem entrar! Pelo amor de Deus, não o deixem entrar!'. Voltamo-nos para a janela atrás de nós para onde ele olhava fixamente. Um rosto nos fitava da escuridão. Podíamos ver o branco do nariz onde ele estava pressionado contra o vidro. Era um rosto barbudo, cabeludo, com olhos cruéis e selvagens e uma expressão de intensa maldade. Meu irmão e eu corremos até a janela, mas o homem havia ido embora. Quando voltamos para meu pai, sua cabeça havia caído, e o pulso cessara de bater.

"Vasculhamos o jardim naquela noite, mas não encontramos nenhum sinal do invasor, salvo logo abaixo da janela, onde havia uma única impressão de um pé sobre o canteiro de flores. Não fosse esse traço, poderíamos ter pensado que as nossas imaginações haviam conjurado aquele rosto selvagem e furioso. No entanto, logo tivemos outra e mais impressionante prova de que havia forças secretas atuando à nossa volta.

"A janela do quarto do meu pai foi encontrada aberta pela manhã; os armários e caixas haviam sido revirados, e sobre o seu peito havia um pedaço de papel rasgado, com as palavras *O signo dos quatro* rabiscadas. O que a frase significava, ou quem pode ter sido o nosso visitante secreto, nunca saberemos. Até onde podemos julgar, nada foi roubado da propriedade do meu pai, apesar de tudo ter sido revirado. Meu irmão e eu naturalmente associamos esse incidente peculiar com o medo que assombrara meu pai durante a sua vida; mas ainda se trata de um mistério completo para nós."

O homenzinho parou para reacender o narguilé e soltou baforadas pensativo por alguns momentos. Estávamos sentados absortos ouvindo a sua narrativa extraordinária. Durante o breve relato da morte do pai, a srta. Morstan ficara mortalmente pálida, e por um momento eu temi que ela fosse desmaiar. Ela se refez, no entanto, bebendo um copo de água que eu havia lhe servido discretamente de uma garrafa veneziana que estava sobre a mesa lateral. Sherlock Holmes reclinou-se em sua cadeira com uma expressão distraída e as pálpebras semicerradas sobre os olhos cintilantes. Ao observá-lo, não pude deixar de lembrar como ele havia se queixado amargamente nesse mesmo dia sobre a banalidade da vida. Aqui finalmente havia um problema que exigiria o máximo de sua sagacidade. O sr. Thaddeus Sholto olhou de um para o outro, obviamente orgulhoso com o efeito que a sua história havia causado, e então continuou entre baforadas do cachimbo enorme.

– Meu irmão e eu – disse ele – estávamos, como os senhores podem imaginar, muito excitados com o tesouro de que meu pai havia falado. Por semanas e meses nós cavamos e revolvemos todas as partes do jardim, sem descobrir o seu paradeiro. Era enlouquecedor pensar que o esconderijo estava nos seus lábios no momento em que ele morreu. Nós podíamos julgar o esplendor das riquezas perdidas pela coroa que ele tirara dentre elas. Meu irmão Bartholomew e eu tivemos uma pequena discussão sobre essa coroa. As pérolas eram evidentemente de grande valor, e ele era avesso à ideia de separar-se delas, pois, cá entre nós, meu irmão era um pouco inclinado ao defeito de meu pai. Tudo o que pude fazer foi persuadi-lo a deixar-me encontrar o endereço da srta. Morstan e enviar-lhe uma pérola de cada vez em intervalos regulares, de maneira que, pelo menos, ela nunca se sentisse destituída.

— Foi uma bela ideia – disse a nossa companheira, sinceramente –, um gesto extremamente bondoso de vocês.

O homenzinho gesticulou em protesto com a mão.

— Nós éramos os seus procuradores – disse ele –, essa é a visão que eu tinha, apesar de o meu irmão não conseguir ver o assunto inteiramente desse jeito. Nós tínhamos dinheiro suficiente. Eu não desejava mais. Além disso, teria sido de muito mau gosto tratar uma jovem dama de maneira tão mesquinha. *Le mauvais goût mène au crime**. Os franceses têm um jeito muito conciso de dizer essas coisas. A nossa diferença de opinião sobre esse assunto foi tão longe que eu achei melhor procurar um lugar novo para morar; então deixei Pondicherry Lodge, levando comigo o velho *khitmutgar* e Williams. Ontem, no entanto, fiquei sabendo que um evento de extrema importância havia ocorrido. O tesouro havia sido descoberto. No mesmo instante entrei em contato com a srta. Morstan, e nos resta ir a Norwood e exigir nossa parte. Ontem à noite eu expliquei meu ponto de vista para o meu irmão; portanto, ao menos somos visitantes esperados, se não bem-vindos.

O sr. Thaddeus Sholto parou de falar e sentou-se remexendo no seu luxuoso sofá. Permanecemos em silêncio, com nossos pensamentos sobre o novo desenvolvimento que o misterioso negócio havia assumido. Holmes foi o primeiro a levantar-se.

— O senhor agiu muito bem, do princípio ao fim – disse ele. – É possível que possamos retribuir-lhe de alguma forma ao esclarecer algo que ainda seja obscuro para o senhor. Mas, como a srta. Morstan observou agora mesmo, é tarde, e é melhor nós seguirmos adiante sem mais demora.

---

* O mau gosto leva ao crime. (N.T.)

O nosso novo conhecido enrolou cuidadosamente o tubo do narguilé e tirou de trás de uma cortina um comprido sobretudo com gola e punhos de astracã. Fechou-o até em cima, apesar do extremo abafamento da noite, e terminou sua vestimenta colocando um gorro de pele de coelho com abas que lhe cobriam as orelhas, de maneira que nada se via, salvo o rosto expressivo e pontiagudo.

– Minha saúde é um tanto frágil – observou ele enquanto nos levava pelo corredor. – Sou um valetudinário.

O cupê nos esperava na rua, e nosso programa havia sido evidentemente pré-arranjado, pois o cocheiro logo deu partida com um forte ritmo. Thaddeus Sholto falava incessantemente com uma voz que se erguia bem acima do ruído das rodas.

– Bartholomew é um sujeito esperto – disse ele. – Como os senhores acham que ele descobriu onde estava o tesouro? Ele chegara à conclusão de que o tesouro estava em algum lugar dentro da casa, então calculou o volume dela e tomou medidas em todo lugar de maneira que cada polegada fosse levada em consideração. Entre outras coisas, ele descobriu que a altura do prédio era de 24 metros, mas ao adicionar as alturas de todas as peças separadas, inclusive o espaço entre elas, do qual ele se certificou por meio de perfurações, não conseguiu somar mais do que 23 metros. Faltava um metro. Só poderia estar no teto do prédio. Ele abriu então um buraco no forro de estuque e sarrafos no quarto mais alto e lá, como previa, encontrou um outro pequeno sótão acima dele, que havia sido trancado e não era conhecido por ninguém. No centro, sobre duas vigas, encontrava-se a arca do tesouro. Ele a baixou pelo buraco e lá se encontra ela. Ele calcula o valor das joias em não menos que meio milhão de libras esterlinas.

Com a menção dessa soma gigantesca, nós três nos fitamos com olhos arregalados. A srta. Morstan, se conseguíssemos assegurar os seus direitos, passaria de uma governanta pobre à herdeira mais rica da Inglaterra. Certamente era a oportunidade para um amigo leal exultar com tais notícias. No entanto, eu tenho vergonha de dizer que o egoísmo tomou conta de minha alma e que meu coração tornou-se pesado como chumbo dentro de mim. Gaguejei algumas poucas palavras hesitantes de congratulação e então me recostei abatido, a cabeça caída, surdo à tagarelice do nosso novo conhecido. Sem dúvida alguma ele era um hipocondríaco crônico, e eu estava percebendo como em um sonho que ele despejava uma série interminável de sintomas e implorava informações sobre a composição e o efeito de inumeráveis remédios de charlatões, alguns dos quais trazia no bolso em um estojo de couro. Acho que ele não deve se lembrar de nenhuma das respostas que lhe dei naquela noite. Holmes afirma ter ouvido por alto quando eu o preveni do grande perigo de tomar mais do que duas gotas de óleo de rícino, enquanto lhe recomendava grandes doses de estricnina como sedativo. De qualquer forma, certamente me senti aliviado quando o cupê parou com um solavanco e o cocheiro correu para abrir a porta.

– Chegamos a Pondicherry Lodge, srta. Morstan – disse o sr. Thaddeus Sholto enquanto a ajudava a descer.

Capítulo 5

A tragédia de Pondicherry Lodge

Eram quase onze horas quando chegamos ao estágio final da nossa noite de aventuras. Nós havíamos deixado o nevoeiro úmido da grande cidade para trás e a noite estava bastante agradável. Uma brisa quente soprava do oeste e nuvens pesadas deslocavam-se vagarosamente pelo céu, com metade da lua aparecendo ocasionalmente através das brechas que se abriam. Estava bastante claro para vermos alguma coisa, mas Thaddeus Sholto tirou um dos lampiões da carruagem para melhor iluminar o caminho.

Pondicherry Lodge erguia-se austera sobre o terreno e era cercada por um muro de pedra muito alto com vidros quebrados no topo. Uma porta estreita e reforçada com ferro era o único meio de entrada. Nosso guia bateu nela de maneira especial, como um carteiro, *rat-tat*.

– Quem é? – gritou de dentro uma voz ríspida.

– Sou eu, McMurdo. A essa altura você certamente conhece minha batida.

Houve um resmungo e um retinir de chaves. A porta cedeu pesadamente, e um homem baixo, com peito largo, parou no vão, com a luz amarela do lampião brilhando sobre o seu rosto saliente e os olhos desconfiados e vivazes.

– É o senhor, sr. Thaddeus? Mas quem são os outros? Eu não recebi ordens do chefe a respeito deles.

– Não, McMurdo? Você me surpreende! Eu disse para o meu irmão na noite passada que traria alguns amigos.

– Ele não saiu do seu quarto hoje, sr. Thaddeus, e eu não recebi ordens. O senhor sabe muito bem que eu tenho de seguir as normas. Posso deixar o senhor entrar, mas os seus amigos terão de ficar onde eles estão.

Esse foi um obstáculo inesperado. Thaddeus Sholto olhou em volta de si perplexo e sem saber o que fazer.

– Você está agindo muito errado, McMurdo! – disse ele. – Se eu me responsabilizar por eles, isso basta para você. Há também a jovem dama. Ela não pode esperar na rua a essa hora.

– Sinto muito, sr. Thaddeus – disse o porteiro inexoravelmente. – Eles podem ser seus amigos, mas não são amigos do chefe. Ele me paga bem para fazer meu trabalho, e é isso que vou fazer. Não conheço nenhum dos seus amigos.

– Oh, sim, você conhece, McMurdo – exclamou Sherlock Holmes afável. – Acho que você não pode ter me esquecido. Não se lembra daquele amador que lutou três *rounds* com você no Alison, na noite do evento em seu benefício, quatro anos atrás?

– Não, o sr. Sherlock Holmes? – trovejou o boxeador. – Meu Deus! Como pude tê-lo confundido? Se em vez de ficar parado aí tão quieto o senhor tivesse avançado com aquele cruzado abaixo do queixo que o senhor conhece, eu o teria reconhecido sem dúvida alguma. Ah, o senhor é um que desperdiçou o seu talento! Teria ido longe se tivesse lutado profissionalmente.

– Você vê, Watson, se todo o resto me deixar na mão, ainda tenho uma das carreiras científicas em aberto para mim – disse Holmes sorrindo. – O nosso amigo não vai nos deixar no frio agora, tenho certeza.

– Entre, senhor, por aqui, o senhor e seus amigos – respondeu ele. – Sinto muito, sr. Thaddeus, mas as ordens são muito severas. Tinha de ter certeza a respeito dos seus amigos antes de deixá-los entrar.

Do lado de dentro, um caminho de saibro seguia através de um terreno desolado até uma vasta construção maciça, quadrada e prosaica, toda imersa na sombra, salvo por um raio de luar que atingia um canto e era refletido em uma janela do sótão. O tamanho enorme da construção, com a sua escuridão e silêncio mortal, fazia gelar o coração. Mesmo Thaddeus Sholto parecia pouco à vontade, e o lampião tremia-lhe na mão.

– Eu não consigo entender – disse ele. – Deve haver algum erro. Eu disse distintamente ao Bartholomew que nós viríamos aqui, e no entanto não há luz na sua janela. Eu não sei o que dizer disso.

– Ele sempre protege a casa desse jeito? – perguntou Holmes.

– Sim. Ele seguiu o costume do meu pai. Era o filho favorito, o senhor sabe, e algumas vezes acho que meu pai pode ter-lhe contado muito mais coisas do que a mim. Aquela é a janela do Bartholomew, lá em cima onde bate o raio do luar. Está bastante clara, mas eu acho que não há luz vindo de dentro.

– Nenhuma – disse Holmes. – Mas eu vejo o brilho de uma luz naquela janela pequena ao lado da porta.

– Ah, aquele é o quarto da governanta. É onde fica a velha sra. Bernstone. Ela pode nos contar tudo. Mas talvez os senhores não se importassem de esperar aqui por um minuto ou dois, pois se todos formos juntos e ela não estiver nos aguardando, poderemos assustá-la. Mas escutem! O que é isso?

Ele ergueu o lampião, e a sua mão tremeu até que círculos de luz oscilassem e tremeluzissem à nossa volta. A srta. Morstan agarrou meu punho e ficamos parados, com os corações aos saltos, aguçando os ouvidos. Do casarão escuro, vinha através do silêncio da noite o mais triste e comiserador dos sons – o choro entrecortado e agudo de uma mulher assustada.

– É a sra. Bernstone – disse Sholto. – Ela é a única mulher na casa. Esperem aqui. Eu devo estar de volta em um instante.

Ele correu para a porta e bateu nela do seu jeito singular. Nós pudemos ver uma mulher velha e alta deixá-lo entrar e, assim que o viu, agitar-se de contentamento.

– Oh, sr. Thaddeus, estou tão feliz que o senhor veio! Estou tão feliz que o senhor veio, sr. Thaddeus!

Ouvimos ela reiterar sua satisfação até a porta ser fechada e a voz sumir em um tom monótono e abafado.

Nosso guia nos deixou o lampião. Holmes balançou-o vagarosamente a seu redor e olhou atentamente para a casa e para os grandes montes de lixo que obstruíam o terreno. A srta. Morstan e eu ficamos juntos, e sua mão estava na minha. Que coisa maravilhosa e sutil é o amor, pois aqui estávamos os dois, que nunca havíamos nos visto antes daquele dia, que não havíamos sequer trocado uma palavra ou gesto de afeto e ainda assim, agora, em um momento de dificuldade, nossas mãos instintivamente buscavam uma a outra. Mais tarde, espantei-me com isso, mas naquele momento parecia a coisa mais natural do mundo, e, como ela me contou muitas vezes, também havia nela o instinto de voltar-se para mim em busca de conforto e proteção. Então ficamos de mãos dadas, como duas crianças, e havia paz em nossos corações apesar de todas as coisas sombrias que nos cercavam.

– Que lugar estranho! – disse ela olhando em torno.

– Parece que todas as toupeiras da Inglaterra foram soltas nele. Eu vi algo parecido na encosta de uma colina próxima a Ballarat, onde os garimpeiros estiveram trabalhando.

– E pelo mesmo motivo – disse Holmes. – Esses são os rastos dos caçadores do tesouro. Vocês têm de lembrar que eles estiveram procurando por ele por seis anos. Não me espanta que o terreno pareça uma cascalheira.

Neste momento, a porta da casa abriu-se com violência, e Thaddeus Sholto saiu correndo, as mãos erguidas e o terror estampado no olhar.

– Tem algo de errado com Bartholomew! – gritou ele. – Estou assustado! Meus nervos não vão suportar isso.

Ele estava verdadeiramente quase chorando de medo, e o rosto débil e com trejeitos, despontando da grande gola do astracã, tinha a mesma expressão suplicante e desamparada de uma criança aterrorizada.

– Vamos entrar na casa – disse Holmes, do seu jeito firme e claro.

– Sim, façam isso! – suplicou Thaddeus Sholto. – Eu realmente não tenho condições para tomar decisões.

Todos o seguimos até o quarto da governanta, que ficava do lado esquerdo do corredor. A velha senhora estava caminhando de um lado para o outro com um olhar assustado e retorcendo os dedos, mas a visão da srta. Morstan parece ter tido um efeito tranquilizador sobre ela.

– Deus abençoe o seu rosto calmo e doce! – exclamou ela, com um soluço histérico. – Vê-la me faz bem. Oh, mas que coisas terríveis passei hoje!

Nossa companheira acariciou a sua mão fina e marcada pelo trabalho e murmurou algumas palavras de consolo, gentil e feminino, que trouxe de volta a cor para o rosto pálido da outra.

– O patrão trancou-se no quarto e não me responde – explicou ela. – Todo o dia esperei por um chamado seu, pois ele muitas vezes gosta de ficar só, mas uma hora atrás eu temi que algo estivesse errado, então subi e espiei pela fechadura. O senhor tem de subir lá, sr. Thaddeus, o senhor tem de subir lá e ver por si mesmo. Eu tenho visto o sr. Bartholomew Sholto na alegria e na tristeza por dez longos anos, mas nunca o vi com uma expressão como aquela.

Sherlock Holmes pegou o lampião e saiu à frente, pois Thaddeus Sholto batia os dentes. Ele estava tão abalado que tive de passar minha mão sob seu braço enquanto ele subia as escadas, pois tremiam-lhe os joelhos. Duas vezes enquanto subíamos, Holmes tirou as lentes do bolso e examinou cuidadosamente as marcas que pareciam ser meras manchas informes de pó sobre a esteira de palma que servia como tapete. Ele caminhava devagar, passo a passo, segurando o lampião bem baixo e lançando olhares atentos para a direita e para a esquerda. A srta. Morstan havia ficado para trás com a governanta assustada.

O terceiro lance de escadas terminou em um corredor comprido e reto, com um grande quadro em tapeçaria hindu do lado direito e três portas à esquerda. Holmes avançou do mesmo jeito lento e metódico, enquanto nós o seguíamos de perto, com nossas longas e escuras sombras projetando-se para trás pelo corredor. A terceira porta era a que procurávamos. Holmes bateu, mas sem receber uma resposta. Então tentou girar o trinco e forçá-la. Entretanto, estava trancada por dentro, com um ferrolho grande e robusto, pelo que pudemos ver ao aproximarmos o lampião. Com a chave virada, porém, o buraco não estava totalmente encoberto. Sherlock Holmes curvou-se para olhar e imediatamente se ergueu novamente com uma rápida inspiração.

– Há algo de diabólico nisso, Watson – ele disse, no tom mais emocionado em que já o ouvira. – O que você me diz disso?

Inclinei-me para espiar pelo buraco e recuei aterrorizado. O luar entrava no quarto, iluminando-o de modo vago e ineficiente. Olhando diretamente para mim e suspenso como se estivesse no ar, pois tudo abaixo dele estava no escuro, flutuava um rosto – o próprio rosto do nosso companheiro Thaddeus. Lá estava a mesma cabeça pontiaguda e brilhante, a mesma orla de cabelos ruivos eriçados, a mesma fisionomia pálida. As feições, porém, estavam fixas em um sorriso horrível, um esgar imóvel e artificial, que naquele quarto sem movimento e iluminado pelo luar era mais chocante para os nervos do que qualquer careta ou carranca. O rosto era tão parecido com o do nosso pequeno amigo que olhei em torno à sua procura para certificar-me de que ele estava realmente conosco. Lembrei-me então de tê-lo ouvido dizer que o irmão e ele eram gêmeos.

– Isso é terrível! – eu disse a Holmes. – O que devemos fazer?

– A porta precisa ser derrubada – respondeu ele, e, atirando-se contra ela, colocou todo o peso sobre a fechadura.

Ela estalou e vergou, mas não cedeu. Juntos nos jogamos mais uma vez sobre ela, e desta vez ela se escancarou com um estalo repentino e nos vimos dentro do aposento de Bartholomew Sholto.

O quarto parecia ter sido equipado como um laboratório químico. Uma fileira dupla de garrafas com tampas de vidro alinhava-se contra a parede oposta à porta, e a mesa estava repleta de bicos de Bunsen, tubos de ensaio e retortas. Nos cantos havia garrafões revestidos com trançados de vime contendo ácidos. Um deles parecia ter vazado ou quebrado, pois um fio de líquido escuro havia escorrido para fora e o ar estava carregado com um cheiro particularmente acre, como o do alcatrão. A um lado do quarto havia um estrado com degraus, em meio a um entulho de estuque e sarrafos, e acima dele havia uma abertura no forro grande o suficiente para a passagem de um homem. Ao pé do estrado, uma longa corda fora jogada descuidadamente.

Junto à mesa, em uma poltrona de madeira, o dono da casa estava sentado todo torto, com a cabeça caída sobre o ombro esquerdo e aquele sorriso espectral e inescrutável no rosto. Estava rígido e frio, e obviamente estava morto havia muitas horas. Pareceu-me que não somente as suas feições, mas todos os membros estavam contorcidos e virados de um modo estranhíssimo. Ao lado da mão, sobre a mesa, havia um instrumento peculiar – um pedaço de pau escuro, de forte consistência, com uma cabeça de pedra como um martelo, amarrada rudemente com um cordel ordinário. Ao lado dele havia uma folha rasgada de um bloco de notas, com algumas palavras rabiscadas sobre ela. Holmes olhou-a de relance e me passou.

– Veja isto – disse ele, erguendo significativamente as sobrancelhas.

Sob a luz do lampião eu li, com um arrepio de horror: "O signo dos quatro".

– Pelo amor de Deus, o que isso tudo quer dizer? – perguntei.

– Quer dizer assassinato – ele disse, inclinando-se sobre o homem morto. – Ah! Eu já esperava por isto. Olhe aqui!

Ele apontou para o que parecia um espinho comprido e escuro cravado na pele do morto, logo acima do ouvido.

— Parece um espinho — eu disse.

— É um espinho. Pode tirá-lo. Mas tenha cuidado, pois está envenenado.

Tomei-o entre o polegar e o indicador. Ele saiu da pele tão facilmente que quase não deixou marcas. Um pontinho de sangue indicava onde havia sido a picada.

— Isso tudo é um mistério insolúvel para mim — eu disse. — Ele se torna cada vez mais obscuro em vez de mais claro.

— Ao contrário — respondeu ele —, a cada instante ele está mais claro. Só preciso de mais alguns elos que faltam para ter o caso totalmente encadeado.

Quase tínhamos esquecido a presença do nosso companheiro desde que havíamos entrado no quarto. Ele ainda estava parado no vão, o próprio quadro do terror, apertando as mãos e gemendo para si. De repente, lançou um grito agudo e queixoso.

— O tesouro desapareceu! — disse ele. — Roubaram-lhe o tesouro! Lá está o buraco por onde o baixamos. Eu o ajudei a fazê-lo! Fui a última pessoa que o viu! Deixei-o aqui na noite passada e ouvi quando ele trancou a porta enquanto eu descia a escada.

— A que horas?

— Às dez. E agora ele está morto, e a polícia será chamada, e eu serei suspeito de ter participado disso. Ah, sim, tenho certeza de que serei suspeito. Mas os senhores não pensam assim, não é, cavalheiros? Certamente os senhores não acreditam que fui eu? Como eu teria lhes trazido aqui se fosse eu? Oh, meu Deus! Oh, meu Deus! Eu sei que vou enlouquecer!

Pôs-se a sacudir os braços e a sapatear em uma espécie de frenesi convulsivo.

– Você não tem razão para temer, sr. Sholto – disse Holmes bondosamente, colocando a mão sobre seu ombro –, aceite meu conselho e vá até o posto policial e diga o que aconteceu para a polícia. Ofereça-se para ajudá-los em tudo. Nós vamos esperar aqui até a sua volta.

O homenzinho obedeceu meio estupefato, e o ouvimos tropeçando escada abaixo no escuro.

Capítulo 6

Sherlock Holmes dá uma demonstração

– Agora, Watson – disse Holmes, esfregando as mãos –, nós temos meia hora a sós. Vamos fazer bom uso dela. Meu caso está, como lhe disse, quase completo; mas nós não devemos pecar pelo excesso de confiança. Por mais simples que o caso pareça agora, deve haver algo mais profundo por trás dele.
– Simples! – exclamei.
– Certamente – ele disse, com um certo ar de professor explicando um caso clínico para sua classe. – Apenas sente-se naquele canto, de maneira que suas pegadas não compliquem mais as coisas. Agora, ao trabalho! Em primeiro lugar, como essas pessoas entraram e como saíram? A porta não foi aberta desde a noite passada. E a janela? – Ele carregou o lampião até ela, murmurando suas observações mais para si mesmo do que para mim. – A janela está aferrolhada do lado de dentro. O quadro é sólido. Não há dobradiças dos lados. Vamos abri-la. Nenhum cano d'água por perto. O telhado está bastante fora do alcance. No entanto, um homem subiu pela janela. Choveu um pouco na noite passada. Aqui está a marca de um pé no peitoril. E aqui há uma marca circular enlameada, e aqui mais uma vez no assoalho, e aqui de novo na mesa. Veja aqui, Watson! Realmente essa é uma demonstração muito boa.

Observei os círculos enlameados e bem-definidos.
– Isso não é uma pegada – eu disse.
– Trata-se de algo muito mais valioso para nós. É a impressão de um coto de madeira. Você vê aqui no

peitoril uma marca de bota, uma bota pesada com um largo salto de metal, e ao lado dela está a marca de uma perna de pau.

– É o homem da perna de pau.

– Exatamente. Mas havia alguém mais – um aliado muito hábil e eficiente. Você conseguiria escalar aquela parede, doutor?

Olhei para fora da janela aberta. A lua ainda brilhava forte naquele ângulo da casa. Estávamos a uns bons vinte metros do chão e, por mais que procurasse, não conseguia ver um lugar para pôr o pé, nem ao menos uma fenda nos tijolos.

– É absolutamente impossível – respondi.

– Sem ajuda é. Mas suponha que você tinha um amigo aqui em cima, que baixou essa corda forte que eu vejo no canto, amarrando uma ponta nesse gancho grande na parede. Então, creio que se você fosse um homem ativo, poderia escalar com a ajuda dos joelhos, da perna de pau e tudo mais. Você sairia, é claro, do mesmo jeito, e o seu aliado recuperaria a corda, a desamarraria do gancho, fecharia a janela, passaria o ferrolho por dentro e iria embora do mesmo jeito que entrara. Como um ponto menor, pode-se observar – continuou ele –, passando os dedos na corda, que o nosso amigo de perna de pau, apesar de ser um bom escalador, não era um marinheiro profissional. Suas mãos estavam longe de ter calos. Minha lente revela mais de uma marca de sangue, especialmente próximo à extremidade da corda, e com isso deduzo que ele escorregou com tal velocidade que escalavrou as mãos.

– Isto está muito bem – disse eu –, mas o caso torna-se mais incompreensível do que antes. E esse aliado misterioso? Como ele entrou no quarto?

– Sim, o aliado! – repetiu Holmes pensativo. – Há

aspectos interessantes a respeito desse aliado. Ele ergue o caso da esfera da banalidade. Imagino que esse aliado esteja cobrindo um terreno novo nos anais do crime nesse país – apesar de que casos paralelos apresentam-se na Índia, e se a memória não me falha, na região do Senegal e da Gâmbia.

– Como ele entrou, então? – repeti. – A porta está trancada; as janelas são inacessíveis. Foi pela chaminé?

– A abertura é muito estreita – respondeu ele. – Já havia considerado essa possibilidade.

– Como então? – persisti.

– Você não vai aplicar o meu preceito – disse ele, balançando a cabeça. – Quantas vezes eu já lhe disse que, quando você eliminou o impossível, o que lhe restar, *por mais improvável que seja*, tem de ser a verdade? Nós sabemos que ele não entrou pela porta, janela, ou chaminé. Nós também sabemos que ele não poderia estar escondido no quarto, pois não há esconderijo possível. Então, por onde ele entrou?

– Ele entrou pelo buraco no teto! – exclamei.

– É claro que sim. Ele tem de ter entrado assim. Se você tiver a bondade de segurar o lampião para mim, vamos ampliar a nossa investigação para o quarto acima – o quarto secreto onde foi encontrado o tesouro.

Ele subiu os degraus do estrado e, agarrando um caibro do telhado com as duas mãos, lançou-se para dentro do sótão. Então, deitado de bruços, apanhou o lampião e segurou-o enquanto eu o seguia.

A câmara em que nos encontrávamos tinha em torno de três metros por dois. O assoalho era formado por caibros intercalados com estuque e sarrafos, de maneira que para andar era preciso apoiar o pé de viga em viga. O teto ia até um vértice e era evidentemente o forro do verdadeiro telhado da casa. Não havia mobília de qualquer tipo, e o pó acumulado de anos formava uma camada espessa sobre o chão.

– Aqui está, você vê – disse Sherlock Holmes colocando a mão contra a parede inclinada. – Isso é um alçapão que leva para fora no telhado. Eu posso empurrá-lo e aqui está o próprio telhado, com um ângulo suave de inclinação. Então foi assim que o Número Um entrou. Vamos ver se conseguimos encontrar alguns outros sinais particulares?

Ele segurou o lampião junto ao chão e, ao fazer isso, vi pela segunda vez naquela noite uma expressão surpresa e sobressaltada surgir em seu rosto. Quanto a mim, enquanto seguia seu olhar, sentia o corpo frio sob as roupas. O chão estava cheio de marcas de pés descalços – claras, bem-definidas, de forma perfeita, mas que mal tinham a metade do tamanho dos pés de um homem comum.

– Holmes – disse eu, em um sussurro –, uma criança fez essa coisa horrenda.

Ele havia recuperado o autocontrole em um instante.

– Fiquei espantado por um momento – disse ele –, mas trata-se de algo bastante natural. Minha memória deixou-me na mão, de outra forma eu teria previsto isto. Não há nada mais a ser visto aqui. Vamos descer.

– Qual é a sua teoria, então, com relação às pegadas? – perguntei-lhe ansiosamente, quando voltávamos ao quarto.

– Meu caro Watson, tente um pouco de análise – ele disse, com uma certa impaciência. – Você conhece os meus métodos. Aplique-os e será instrutivo comparar os resultados.

– Não consigo conceber nada que cubra os fatos – respondi.

– Isto ficará claro logo – disse ele de imediato. – Não creio que haja nada mais de importante aqui, mas vou investigar.

Ele tirou a lente e uma fita métrica do bolso e lançou-se de joelhos pelo quarto, medindo, comparando, examinando, com seu nariz fino e comprido a poucos centímetros do assoalho e com seus olhos penetrantes luzindo, fundos como os de um pássaro. Seus movimentos eram tão rápidos, silenciosos e furtivos, como os de um cão de caça treinado a farejar um rasto, que não pude deixar de pensar sobre que criminoso terrível ele teria sido se tivesse voltado sua energia e sagacidade contra a lei, em vez de exercê-las em sua defesa. Enquanto levava adiante sua caçada, ele seguia murmurando para si mesmo, até irromper finalmente em um grito de vitória.

– Nós certamente estamos com sorte – ele disse. – De agora em diante teremos poucos problemas. O Número Um teve o azar de pisar no creosoto. Veja o contorno do seu pezinho aqui ao lado dessa substância malcheirosa. O garrafão foi quebrado, você vê, e o conteúdo vazou.

– E agora? – perguntei.

– Ora, nós o temos, só isso – ele disse. – Eu sei de um cachorro que seguiria esse rasto até o fim do mundo. Se uma matilha pode seguir um arenque arrastado por um condado, até onde um cão especialmente treinado pode seguir um cheiro tão cáustico quanto esse? Isto lembra a soma na regra de três. A resposta pode nos dar... mas, olá! Aí vêm os representantes oficiais da lei.

Passos pesados e o clamor de vozes altas podiam ser ouvidos abaixo, e a porta de entrada bateu com um estrondo.

– Antes que eles cheguem – disse Holmes –, apenas

coloque a mão aqui no braço desse pobre sujeito e aqui na sua perna. O que você sente?

— Os músculos estão duros como uma tábua.

— Exatamente. Eles estão em um estado de contração extrema, excedendo em muito o *rigor mortis* comum. Junto com essa contorção do rosto, esse sorriso de Hipócrates, ou *risus sardonicus* como os velhos autores o chamavam, a que conclusão você chegaria?

— Morte em consequência de um poderoso alcaloide vegetal — respondi —, alguma substância semelhante à estricnina que produziria o tétano.

— Essa foi a ideia que me ocorreu no instante em que vi os músculos retesados do rosto. Ao entrar no quarto, fui logo verificar de que forma o veneno havia entrado no sistema. Como você viu, descobri um espinho que havia sido fincado ou lançado sem grande força no couro cabeludo. Observe que a parte atingida foi a que ficaria voltada para o buraco no teto, se o homem estivesse de pé junto a sua cadeira. Agora examine esse espinho.

Peguei-o cautelosamente e coloquei-o sob a luz do lampião. Ele era longo, afiado e escuro, com uma aparência envernizada na ponta como se alguma substância pegajosa houvesse secado sobre ele. A base havia sido aparada e arredondada com uma faca.

— Será um espinho inglês? — perguntou ele.

— Não, de modo algum.

— Com todos esses dados, você poderia chegar a uma conclusão correta. Mas aí chegam as tropas regulares, de maneira que as auxiliares devem bater em retirada.

Enquanto ele falava, os passos que haviam se aproximado soaram mais altos no corredor, e um homem bastante robusto e imponente em um terno cinza adentrou pesadamente o quarto. Tinha o rosto corado, maciço e sanguíneo, com um par de olhos agitados e muito pequenos, que observavam atentamente de baixo das pálpebras inchadas e empapuçadas. Ele era seguido de perto por um inspetor uniformizado e pelo ainda excitado Thaddeus Sholto.

– Que serviço! – exclamou ele com uma voz abafada e rouca. – Que belo serviço! Mas quem são todos eles? A casa está cheia como um viveiro de coelhos.

– Creio que deve lembrar-se de mim, sr. Athelney Jones – disse Holmes calmamente.

– Mas é claro que me lembro! – respondeu ofegante. – Sherlock Holmes, o teórico! Lembro-me do senhor! Nunca vou esquecer como dissertou para nós sobre todas as causas, inferências e consequências no caso das joias de Bishopgate. É verdade que nos colocou no caminho certo; mas agora o senhor há de reconhecer que foi mais por um golpe de sorte do que por boa orientação.

– Tratou-se apenas de um raciocínio muito simples.

– Ora, deixe disso! Nunca se envergonhe de admitir algo a alguém. Mas o que é isso tudo? Que serviço ruim! Que serviço ruim! Os fatos são implacáveis... não há espaço para teorias. Que sorte estar em Norwood trabalhando em outro caso! Eu estava no posto policial quando chegou a informação. Do que o senhor acha que o homem morreu?

– Oh, este é dificilmente um caso para eu teorizar – disse Holmes secamente.

– Não, não. Contudo, nós não podemos negar que às vezes o senhor acerta em cheio. Meu Deus! Compreendo que a porta estava trancada. Joias no valor de meio milhão de libras desaparecidas. Como estava a janela?

— Fechada, mas há pegadas no peitoril.

— Bom, bom, se ela estava trancada, as pegadas não podem ter nada a ver com o caso. Isso é bom senso. O homem pode ter morrido de um ataque, mas, ao mesmo tempo, as joias estão desaparecidas. Rá! Eu tenho uma teoria. Esses lampejos ocorrem comigo às vezes. Sargento, saia um pouco para fora, e o senhor também, sr. Sholto. O seu amigo pode ficar. O que acha disso, Holmes? Sholto, de acordo com sua própria confissão, estava com o irmão na noite passada. O irmão morreu de um ataque, quando então Sholto foi embora com o tesouro. Que lhe parece?

— E depois o homem morto, com muita consideração, levantou-se e trancou a porta por dentro.

— Hum! Há uma falha nisso. Vamos aplicar o bom senso para o caso. Esse Thaddeus Sholto *estava* com o seu irmão e *houve* uma briga: até aí nós sabemos. O irmão está morto e as joias desapareceram. Isto nós também sabemos. Ninguém viu o irmão a partir do momento em que Thaddeus deixou-o. A cama dele está arrumada. Thaddeus encontra-se evidentemente muito perturbado. A sua aparência é... bom, pouco agradável. O senhor vê como estou tecendo minha teia em torno de Thaddeus. O cerco começa a fechar-se sobre ele.

— O senhor ainda não conta realmente com os fatos — disse Holmes. — Essa lasca de madeira, que eu tenho todos os motivos para julgar envenenada, estava fincada no couro cabeludo do homem, onde ainda se encontra a marca; esse bilhete, escrito como se vê, estava sobre a mesa, e ao lado dele se encontrava esse instrumento com uma cabeça de pedra bastante curioso. Como isso tudo se encaixa na sua teoria?

— Isto a confirma em todos aspectos — respondeu pomposamente o detetive gordo. — A casa está repleta de curiosidades hindus. Thaddeus trouxe isso para cima, e se essa lasca for venenosa, ele, como qualquer outro homem, pode tê-la usado para assassinar alguém. O bilhete é um mistério... provavelmente um subterfúgio. A única questão é, como ele saiu? Ah, é claro, aqui temos um buraco no teto.

Com grande vigor, considerando o seu tamanho, ele galgou os degraus e apertou-se para chegar ao sótão, e em seguida nós ouvimos a sua voz exultante proclamando que havia encontrado o alçapão.

– Ele consegue encontrar algo – observou Holmes com um menear de ombros –, ele tem vislumbres ocasionais de razão. *Il n'y a pas des sots si incommodes que ceux qui ont de l'esprit!**

– Está vendo? – disse Athelney Jones, reaparecendo ao descer os degraus do estrado. – Fatos são melhores do que teorias, afinal de contas. Meu ponto de vista sobre o caso está confirmado. Há um alçapão que leva ao telhado, e ele está parcialmente aberto.

– Fui eu que o abri.

– Oh, não me diga! O senhor o viu, então? – Ele parecia um pouco desconcertado com a descoberta. – Bom, seja quem for que o tenha visto, ele mostra como o nosso cavalheiro fugiu. Inspetor!

– Sim, senhor – respondeu do corredor.

– Peça para o sr. Sholto vir aqui... sr. Sholto, é meu dever informá-lo que qualquer coisa que disser será usada contra o senhor. Prendo-o em nome da rainha por estar envolvido na morte do seu irmão.

– Estão vendo?! Eu não lhes disse?! – exclamou o pobre homenzinho, jogando as mãos para o ar e nos olhando de um para outro.

---

* Não há tolos mais incômodos do que os que têm espírito. (N.T.)

– Não se preocupe, sr. Sholto – disse Holmes. – Acho que posso livrá-lo dessa acusação.

– Não prometa em demasia, sr. Teórico, não prometa em demasia! – retrucou asperamente o detetive. – O senhor pode estar diante de um caso mais difícil do que pensa.

– Não só vou inocentá-lo, sr. Jones, mas vou dar-lhe de presente o nome e a descrição de uma das duas pessoas que estavam neste quarto na noite passada. O seu nome, segundo todos os motivos que tenho para acreditar, é Jonathan Small. Ele é um homem de pouca instrução, pequeno, ágil, com a sua perna direita amputada e usando um coto de madeira que está gasto do lado interno. A sua bota esquerda tem uma sola grosseira, quadrada na ponta, com um reforço de ferro no salto. Ele é um homem de meia-idade, bastante queimado do sol, e que já foi um preso. Estas poucas indicações podem ajudá-lo, juntamente com o fato de que ele está com a palma da mão bastante escalavrada. O outro homem...

– Ah! O outro homem? – perguntou Athelney Jones com uma voz sarcástica, mas mesmo assim impressionado, como pude facilmente observar pela precisão com que o outro falara.

– Trata-se de uma figura bastante curiosa – disse Sherlock Holmes, voltando-se sobre os calcanhares. – Espero apresentar os dois para o senhor em breve. Uma palavra com você, Watson.

Ele me levou até o cimo da escada.

– Essa ocorrência inesperada – disse ele – de certa forma nos fez perder o propósito original da nossa jornada.

– Eu estava justamente pensando nisso – respondi. – Não convém que a srta. Morstan permaneça nesta casa atribulada.

— Não. Você deve acompanhá-la até sua casa. Ela vive com a sra. Cecil Forrester em Lower Camberwell, portanto não é muito longe. Espero-o aqui, se quiser voltar. Ou talvez você esteja muito cansado?

— De forma alguma. Não creio que possa descansar até que eu saiba mais sobre este caso fantástico. Já vi alguma coisa do lado duro da vida, mas dou-lhe minha palavra de que essa rápida sucessão de surpresas hoje à noite me abalou completamente os nervos. Mesmo assim, gostaria de ir até o fim deste caso com você, agora que já fui tão longe.

— A sua presença será de grande ajuda para mim — respondeu ele. — Trabalharemos no caso independentemente e deixaremos esse sujeito Jones exultar sobre qualquer descoberta ilusória que ele possa escolher elaborar. Quando você tiver deixado a srta. Morstan, eu gostaria que você fosse até o número 3 da Pinchin Lane, perto do rio em Lambeth. A terceira casa do lado direito é de um empalhador de pássaros; Sherman é o seu nome. Você verá uma fuinha agarrando um coelhinho na vitrine. Acorde o velho Sherman e diga-lhe, com meus cumprimentos, que preciso de Toby imediatamente. Traga o Toby de volta no cupê com você.

— Um cão, eu suponho.

— Sim, um mastim singular, dotado de um faro extraordinário. Prefiro a ajuda de Toby à de todo corpo de detetives de Londres.

— Eu vou trazê-lo, então — eu disse. — Agora é uma hora. Devo estar de volta antes das três, se conseguir um cavalo descansado.

— E eu — disse Holmes — vou ver o que consigo tirar da sra. Bernstone e do criado hindu que, segundo o sr. Thaddeus, dorme no sótão contíguo. Então estudarei os métodos do grande Jones e ouvirei os seus comentários sarcásticos não muito delicados. *Wir sind gewohnt dass die Menschen verhöhnen was sie nicht verstehen**. Goethe é sempre enérgico.

---

* Estamos acostumados a ver o Homem desprezar o que não compreende. Goethe, *Fausto*, parte I. (N.T.)

Capítulo 7

O episódio do barril

A POLÍCIA HAVIA trazido um cupê, e nele acompanhei a srta. Morstan de volta para casa. Como é do feitio angélico das mulheres, ela enfrentara os problemas com uma expressão serena enquanto havia alguém mais fraco para dar apoio, de maneira que a encontrei bem-disposta e calma ao lado da governanta assustada. No cupê, no entanto, ela primeiro empalideceu e em seguida irrompeu em um choro convulsivo – tão terrivelmente tinha sido colocada à prova pelos acontecimentos da noite. Ela me contou posteriormente que lhe pareci frio e distante nessa viagem. Ela mal desconfiava da luta que era travada em meu peito, ou o esforço de autocontrole que me segurava. Minha solidariedade e amor a buscavam, da mesma forma que minha mão havia feito no jardim. Senti que anos de convenções sociais não poderiam ensinar-me a conhecer a sua natureza doce e brava como este dia de estranhas experiências. No entanto, dois pensamentos selavam em meus lábios as palavras de afeto. Ela estava frágil e desamparada, com o espírito e os nervos abalados. Seria desleal aproveitar-me disso para forçar meus sentimentos sobre ela. Pior ainda, ela era rica. Se as investigações de Holmes tivessem sucesso, ela seria uma herdeira. Era justo e honrado que um cirurgião vivendo de uma pensão do exército tirasse vantagem de uma intimidade trazida pelo acaso? Ela não me olharia como um mero caçador de fortunas vulgar? Eu não poderia correr o risco de que um pensamento dessa natureza lhe passasse pela mente. Esse tesouro de Agra erguia-se como uma barreira intransponível entre nós.

Eram quase duas horas quando nós chegamos à casa da sra. Cecil Forrester. Os empregados haviam se retirado horas antes, mas a sra. Forrester estava tão interessada pela estranha mensagem que a srta. Morstan havia recebido, que ela esperara sentada na esperança de sua volta. Ela mesma abriu a porta, uma mulher graciosa de meia-idade, e tive a satisfação de ver com que carinho o seu braço enlaçou a cintura da outra e como era maternal a voz que a saudou. Ela claramente não era uma mera empregada paga, mas estimada como uma amiga. Fui apresentado, e a sra. Forrester suplicou-me com veemência que entrasse e lhe contasse das nossas aventuras. Expliquei-lhe, no entanto, da importância da minha missão e prometi-lhe, sem falta, fazer um contato e relatar qualquer progresso que eu pudesse obter com o caso. Ao afastar-me com o cupê, olhei furtivamente para trás, e ainda parece que vejo aquele pequeno grupo na escada... as duas figuras graciosas abraçadas, a porta entreaberta, a luz da entrada a filtrar-se pelos vitrais, o barômetro e os reluzentes corrimões da escada. Era confortante ver, ainda que de relance, aquele tranquilo lar inglês, em meio ao sombrio e violento caso que havia nos absorvido.

E quanto mais eu pensava sobre o que tinha acontecido, mais violento e sombrio ele se tornava. Enquanto o cupê batia pelas ruas silenciosas e iluminadas com lampiões a gás, repassei toda a sequência extraordinária de eventos. Havia o problema original: esse pelo menos era bastante claro agora. A morte do capitão Morstan, o envio das pérolas, o anúncio, a carta... nós tínhamos jogado luz sobre todos esses eventos. Eles haviam nos levado, entretanto, a um mistério mais profundo e muito mais trágico. O tesouro hindu, a curiosa planta encontrada na bagagem de Morstan, a estranha cena da morte do major Sholto, a redescoberta do tesouro imediatamente seguida pelo assassinato do descobridor, as singularíssimas circunstâncias desse crime, as pegadas, as armas extraordinárias, as palavras no bilhete, correspondendo com aquelas sobre a planta do capitão Morstan... esse realmente era um labirinto onde um homem menos singularmente dotado que o meu companheiro de morada talvez se desesperasse por nunca encontrar uma pista.

A Pinchin Lane era uma série de sobrados velhos com fachadas de tijolos, na parte baixa de Lamberth. Tive de bater por algum tempo no número 3 até chamar alguma atenção. Finalmente, no entanto, a luz de uma vela bruxuleou por detrás de uma persiana e um rosto apareceu na janela de cima.

– Vá andando, seu vagabundo bêbado – disse o rosto. – Se você bater mais uma vez, vou abrir os canis e soltar 43 cachorros atrás de você.

– Se o senhor deixar sair um, isto é tudo o que vim buscar – eu disse.

– Vá andando – gritou a voz. – Deus me ajude, eu tenho uma víbora nessa sacola e vou jogá-la sobre a sua cabeça se você não der o fora!

– Mas eu quero um cachorro – exclamei.

– Não quero mais saber de conversa! – gritou o sr. Sherman. – Agora dê o fora, pois quando eu disser "três", lá vai a víbora.

– O sr. Sherlock Holmes... – comecei, e as palavras tiveram um efeito realmente mágico, pois a janela foi instantaneamente fechada com um estrondo e no minuto seguinte a porta estava destrancada e aberta. O sr. Sherman era um velho magro, descarnado e de ombros caídos, com um pescoço fibroso e óculos azuis.

— Um amigo de Sherlock Holmes é sempre bem-vindo – ele disse. – Entre, senhor. Cuidado com o texugo porque ele morde. Ah, seu malcriado, malcriado! Está querendo dar uma dentada no cavalheiro? – Dessa vez dirigindo-se a um arminho que metera a cabeça e os olhos avermelhados perversos entre as barras da jaula. – Não se importe com esse outro, senhor, é apenas um lagarto inofensivo. Não tem presas, então o deixo solto para cuidar dos escaravelhos. O senhor não vá ficar ressentido por eu ter sido um pouco rude a princípio, é que as crianças fazem troça de mim, e há muitas que vêm aqui só para me acordar. O que era que o sr. Sherlock Holmes queria, senhor?

— Ele queria um dos seus cachorros.

— Ah! Deve ser o Toby.

— Sim, Toby era o nome.

— Toby mora na número 7, aqui à esquerda.

Ele avançou lentamente com a sua vela por entre a singular família animal que ele havia juntado à sua volta. Na luz incerta e fraca, eu conseguia distinguir vagamente olhos reluzentes e de esguelha, espiando-nos de cada fresta e canto. Até os caibros do telhado acima das nossas cabeças estavam ocupados por galinhas solenes, que preguiçosamente mudavam o peso de uma pata para a outra quando as nossas vozes perturbavam os seus cochilos.

Toby revelou-se um animal feio, de pelos longos, orelhas caídas, metade sabujo, metade perdigueiro, de cor marrom e branca, com um andar bastante pesado e desajeitado. Após alguma hesitação, ele aceitou um torrão de açúcar que o velho naturalista me passara e, desse modo, selada a nossa aliança, seguiu-me até o cupê e não causou problemas em acompanhar-me. O relógio do Palace havia recém-marcado três horas quando me vi novamente de volta a Pondicherry Lodge. O ex-boxeador McMurdo, ao que fiquei sabendo, havia sido preso como cúmplice, e tanto ele como o sr. Sholto tinham sido levados para o posto policial. Dois agentes guardavam o portão estreito, mas deixaram-me passar com o cachorro quando mencionei o nome do detetive.

Holmes estava na soleira da porta com as mãos no bolso, fumando o seu cachimbo.

– Ah, você o trouxe! – disse ele. – Um ótimo cachorro, então! Athelney Jones já foi embora. Tivemos uma imensa demonstração de energia desde que você saiu. Ele prendeu não somente o amigo Thaddeus, mas o porteiro, a governanta e o criado hindu. Nós temos a casa só para nós, salvo o sargento lá em cima. Deixe o cachorro aqui e venha comigo.

Amarramos Toby na mesa da entrada e subimos mais uma vez a escada. O quarto estava como o havíamos deixado, salvo que um lençol havia sido colocado sobre a figura central. Um sargento de polícia cansado reclinava-se a um canto da sala.

– Empreste-me a sua lanterna, sargento – disse meu companheiro. – Agora amarre este pedaço de corda em torno do meu pescoço, de maneira que ela fique pendurada à minha frente. Obrigado. Agora eu tenho de tirar minhas botas e meias. Leve-as consigo para baixo, Watson. Eu vou fazer uma pequena escalada. E mergulhe o meu lenço no creosoto. Assim está bom. Agora suba no sótão comigo por um momento.

Entramos com dificuldade pelo buraco. Holmes voltou mais uma vez o seu lampião para as pegadas no pó.

– Eu gostaria que você observasse particularmente essas pegadas – disse ele. – Vê nelas algo digno de nota?

— Elas são — respondi — de uma criança ou de uma mulher pequena.

— Mas afora o seu tamanho, não há nada mais?

— Parecem pegadas como outras quaisquer.

— De forma alguma. Olhe aqui! Esta é a impressão de um pé direito no pó. Agora vou fazer uma com meu pé descalço ao seu lado. Qual é a diferença mais importante?

— Seus dedos estão apinhados juntos. A outra impressão tem cada dedo nitidamente separado.

— Exatamente. Esse é o ponto. Guarde-o na memória. Agora você faria o favor de ir até aquela abertura e cheirar o canto do quadro de madeira? Eu vou ficar aqui, já que tenho este lenço na mão.

Fiz como ele pediu e imediatamente senti um forte cheiro semelhante a alcatrão.

— Foi aí que ele colocou o pé para sair. Se *você* pode farejá-lo, acho que Toby não terá dificuldade. Agora vá lá embaixo, solte o cachorro e fique atento à chegada de Blondin*.

Quando cheguei ao jardim, Sherlock Holmes estava no telhado e eu podia vê-lo como um enorme vaga-lume rastejando lentamente junto à cumeeira. Perdi-o de vista atrás de um conjunto de chaminés, mas ele logo reapareceu e então sumiu mais uma vez do lado oposto. Quando dei a volta na casa, encontrei-o sentado no canto de um beiral.

— É você, Watson? — gritou ele.

— Sim.

— Aqui é o lugar. O que é essa coisa preta aí embaixo?

---

* Charles Blondin (1824–97), alcunha de Jean François Gravelet, que atravessou em 1855 as cataratas do Niágara equilibrando-se sobre um cabo. (N.T.)

– Um barril d'água.
– Com tampa?
– Sim.
– Algum sinal de uma escada?
– Não.
– Que diabo de sujeito! Esse lugar é de quebrar o pescoço. Se ele conseguiu subir por aqui, eu devo conseguir descer. Os canos d'água parecem bastante firmes. Seja como for, lá vou eu.

Houve um arrastar de pés, e o lampião começou a descer firmemente pelo canto da parede. Então, com um pequeno salto, ele caiu sobre o barril e de lá para o chão.

– Foi fácil segui-lo – disse ele, calçando as meias e os sapatos. – As telhas estavam frouxas por todo o caminho, e, na sua pressa, deixou cair isso. Ele confirma meu diagnóstico, como dizem vocês médicos.

O objeto que ele me passou era um pequeno pacote ou bolsa, tecido com palhas coloridas e com algumas lantejoulas amarradas em torno. Em forma e tamanho, não era muito diferente de uma cigarreira. Dentro havia meia dúzia de espinhos de madeira escuros, afiados em uma extremidade e arredondados na outra, como o que havia acertado Bartholomew Sholto.

– São armas infernais – ele disse. – Cuidado para não se espetar. Estou muito satisfeito em tê-los encontrado, pois é provável que sejam todos os que ele possui. Assim não precisamos ter tanto medo de encontrar um cravado em nossa pele de uma hora para outra. Eu preferiria enfrentar a bala de um Martini*. Você estaria pronto para um estirão de dez quilômetros, Watson?

– Certamente – respondi.
– A sua perna suportará?

---

* Do rifle Martini-Henry usado pelas forças britânicas. (N.T.)

– Oh, sim.

– Aqui está você, cachorrinho! Bom e velho Toby! Cheire isso, Toby, cheire! – Ele colocou o lenço embebido em creosoto no focinho do cão, enquanto o animal parava com suas pernas peludas separadas e inclinando a cabeça comicamente, como um especialista a cheirar o *bouquet* de um famoso vinho. Holmes então jogou o lenço para longe, amarrou uma robusta corda à coleira do sabujo e conduziu-o ao pé do barril d'água. O animal imediatamente irrompeu em uma série de latidos agudos e trêmulos e, com o focinho junto ao chão e o rabo em pé, atirou-se sobre o rasto em tal ritmo, que esticou a coleira e nos fez caminhar o mais rápido que podíamos.

O lado leste estava gradualmente clareando, e podia-se enxergar agora até uma certa distância com a luz cinzenta e fria. A casa quadrada e maciça, com suas janelas negras e vazias, muros altos e despidos, erguia-se triste e abandonada atrás de nós. Nosso caminho seguia direto pelo terreno, entrando e saindo dos buracos e trincheiras que o desfiguravam e cortavam. Todo o lugar, com seus montes de lixo espalhados e arbustos sem corte, tinha um aspecto sinistro e agourento que se harmonizava com a sombria tragédia que pairava sobre ele.

Ao chegar ao muro que delimitava a propriedade, Toby pôs-se a correr ao longo dele, ganindo ansiosamente abaixo da sua sombra, e finalmente parou em um canto encoberto por uma pequena faia. Na junção dos dois muros, vários tijolos haviam sido quebrados, e as fendas deixadas estavam desgastadas e arredondadas no canto inferior, como se tivessem sido frequentemente usadas como escadas. Holmes escalou-o com dificuldade e, tomando o cachorro das minhas mãos, passou-o para o outro lado.

— Aqui está a marca da mão do homem de perna de pau — observou ele, enquanto eu subia o muro ao seu lado. — Você vê a ligeira mancha de sangue sobre a argamassa branca? Que sorte que não tivemos uma chuva pesada desde ontem! O rasto vai seguir na estrada, apesar das 28 horas de vantagem que eles têm.

Confesso que tive as minhas dúvidas quando refleti sobre o intenso tráfego que passara nesta estrada de Londres durante o intervalo. Entretanto, meus temores logo foram apaziguados. Toby nunca hesitou ou mudou de curso, seguindo adiante com seu jeito arrastado peculiar. Evidentemente, o cheiro acre do creosoto destacava-se entre os outros rastos rivais.

— Não imagine — disse Holmes — que eu dependo para meu sucesso neste caso da mera chance de um desses sujeitos ter pisado no produto químico. Eu tenho agora o conhecimento de elementos que me habilitariam a segui-los de muitas maneiras diferentes. Essa, entretanto, é a mais fácil, e, visto que a providência colocou-a em nossas mãos, eu seria culpado se a negligenciasse. Ela evitou, porém, que o caso viesse a ser o belo pequeno problema intelectual que um dia ele prometeu ser. Poderia haver algum crédito a ser ganho dele, não fosse essa pista tão palpável.

— Você tem crédito de sobra — eu disse. — Eu lhe asseguro, Holmes, que estou maravilhado com os meios pelos quais você tem obtido os resultados neste caso, mais até que no assassinato de Jefferson Hope. A coisa me parece mais profunda e inexplicável. Como, por exemplo, você pode descrever com tal confiança o homem da perna de pau?

— Calma, meu caro! Trata-se da simplicidade em si. Eu não gostaria de soar teatral. Tudo é óbvio e está às claras. Dois oficiais que estavam no comando de uma guarnição de um presídio ficam sabendo de um importante segredo relativo a um tesouro enterrado. Um mapa é desenhado para eles por um inglês chamado Jonathan Small. Você lembra que nós vimos o nome na planta que estava em poder do capitão Morstan. Ele a havia assinado por si e seus sócios... o signo dos quatro, como ele a chamou com certa dramaticidade. Auxiliados por essa planta, os oficiais... ou melhor, um deles... apanha o tesouro e o traz para a Inglaterra, deixando de cumprir, vamos supor, alguma condição sob a qual o recebeu. Mas então por que o próprio Jonathan Small não pegou o tesouro? A resposta é óbvia. A planta tem a data da época em que Morstan entrou em contato direto com prisioneiros. Jonathan Small não pegou o tesouro porque ele e os seus sócios eram prisioneiros e não podiam sair de onde estavam.

– Mas isso é mera especulação – eu disse.

– É mais do que isso. Trata-se da única hipótese que cobre os fatos. Vamos ver como ela se encaixa na sucessão deles. O major Sholto fica em paz por alguns anos, feliz por estar de posse do tesouro. Então ele recebe uma carta da Índia que lhe causa muito medo. O que era isso?

– Uma carta para dizer que os homens que ele havia enganado haviam sido libertados.

– Ou haviam escapado. Isso é muito mais provável, pois ele devia saber quais eram as penas a cumprir. De outra maneira isso não o surpreenderia. O que ele faz então? Ele se acautela contra um homem com uma perna de pau... um homem branco, veja bem, pois ele o confunde com um comerciante branco, e realmente atira nele com uma pistola. Agora, apenas um nome de homem branco está na planta. Os outros são hindus ou maometanos. Não há outro homem branco. Portanto, nós podemos dizer com confiança que o homem com a perna de pau e Jonathan Small são a mesma pessoa. O raciocínio lhe soa falho?

– Não, ele é claro e conciso.

– Bom, agora vamos nos colocar no lugar de Jonathan Small. Encaremos a coisa a partir do seu ponto de vista. Ele veio para a Inglaterra com a dupla intenção de recuperar o que ele considera ser de seu direito e vingar-se do homem que o enganou. Ele descobriu onde Sholto vivia e muito possivelmente estabeleceu uma linha de comunicação com alguém dentro da casa. Há esse mordomo, Lal Rao, a quem não vimos. A sra. Bernstone está longe de vê-lo como um bom caráter. Small não conseguiu descobrir, entretanto, onde o tesouro estava escondido, pois ninguém nunca o soube, salvo o major e um criado fiel que havia morrido. De repente, Small ficou sabendo que o major estava em seu leito de morte. Em pânico, temendo que o segredo do tesouro morresse com o major, ele desafiou os guardas e conseguiu chegar à janela do homem agonizante e só foi impedido de entrar pela presença dos seus dois filhos. No entanto, louco de raiva com o homem morto, ele entrou no quarto naquela noite, remexeu em seus papéis privados na esperança de descobrir algum memorando referente ao tesouro e finalmente deixou uma lembrança da sua visita na curta inscrição sobre o cartão. Sem dúvida ele havia planejado de antemão e, se tivesse de matar o major, deixaria um registro desse tipo como um sinal de que não fora um assassinato comum, mas, do ponto de vista dos quatro sócios, algo da natureza de um ato de justiça. Conceitos bizarros e extravagantes desse tipo são bastante comuns nos anais do crime e geralmente fornecem indicações valiosas quanto ao criminoso. Você está acompanhando tudo isso?

— Perfeitamente.

— Agora, o que Jonathan Small poderia fazer? Ele poderia somente continuar a vigiar em segredo os esforços feitos para encontrar o tesouro. Possivelmente ele deixou a Inglaterra e volta apenas em intervalos. Então houve a descoberta do sótão, e ele foi instantaneamente informado disso. Novamente sentimos a presença de algum confederado no lar. Jonathan, com sua perna de pau, é absolutamente incapaz de chegar ao quarto elevado de Bartholomew Sholto. Ele leva consigo, entretanto, um sócio bastante curioso, que supera essa dificuldade, mas pisa com seu pé descalço no creosoto, e daí vieram Toby e um estirão de dez quilômetros mancando para um oficial vivendo da pensão do exército e com o tendão de Aquiles machucado.

— Mas foi o cúmplice, e não Jonathan, que cometeu o crime.

— Exatamente. E para o desagrado de Jonathan, a julgar pela forma como ele pisou firmemente quando entrou no quarto, ele não guardava rancor algum contra Bartholomew Sholto, e teria preferido se ele tivesse sido simplesmente amarrado e amordaçado. Ele não queria colocar a cabeça em uma forca. Entretanto, não havia mais volta: os instintos selvagens do seu companheiro tinham-se manifestado, e o veneno fizera o seu trabalho. Então Jonathan Small deixou seu registro, desceu a caixa do tesouro e seguiu-a até o chão. Essa é a sequência de eventos até onde posso decifrá-la. É claro, quanto à sua aparência pessoal, ele deve ser um homem de meia-idade e queimado do sol após cumprir sua pena em um forno como são as ilhas de Andamã. Sua altura é facilmente calculável pelo comprimento da passada, e nós sabemos que ele era barbudo. Aliás, esse detalhe foi o único ponto que impressionou Thaddeus Sholto quando ele o viu na janela. Não sei se há algo mais.

– E o cúmplice?

– Ah, não há grande mistério nisso. Mas em breve você vai saber tudo a esse respeito. Como é agradável o ar da manhã! Veja como aquela nuvenzinha flutua como uma pena rosada de algum flamingo gigantesco. Agora a coroa vermelha do sol atira-se sobre a massa nevoenta de Londres. Ele brilha sobre muita gente, mas ouso apostar que sobre ninguém com uma missão mais estranha do que a nossa. Como nos sentimos pequenos com as nossas mesquinhas lutas e ambições na presença das grandes forças elementares da natureza! Você conhece bem o trabalho de Jean Paul*?

– Relativamente. Cheguei a ele através de Carlyle**.

– Isso foi como seguir o córrego até o lago que o origina. Ele faz uma observação curiosa, mas profunda. A maior prova de real grandeza encontra-se na percepção de sua própria pequenez. Ele argumenta, como vê, sobre uma capacidade de comparação e apreciação que é em si uma prova de nobreza. Em Richter há muito para se pensar. Você está com seu revólver?

– Tenho a minha bengala.

– É possível que nós precisemos de algo nesse sentido se chegarmos ao seu covil. Deixarei Jonathan aos seus cuidados, mas se o outro complicar as coisas, vou matá-lo com um tiro.

---

* Jean Paul, forma popular de alusão a Johann Paul Friedrich Richter (1763–1825), autor alemão mais conhecido por seus romances, trabalhos humorísticos e tratados filosóficos. (N.T.)

** Thomas Carlyle (1795–1881), historiador e ensaísta escocês, popularizou muitos escritores alemães na Inglaterra, notavelmente Richter. (N.T.)

Ele sacou o revólver enquanto falava e, tendo carregado duas balas no tambor, colocou-o de volta no bolso direito do paletó.

Durante esse tempo, tínhamos seguido a orientação de Toby por estradas meio rurais, com fileiras de casas de campo, que levavam à metrópole. Agora, entretanto, estávamos começando a chegar a ruas contínuas, onde trabalhadores e doqueiros já estavam em atividade e mulheres desalinhadas abriam portas e varriam degraus. Nos sobrados de esquina, as tavernas abriam seus negócios, e homens de aspecto duro emergiam esfregando as mangas nas barbas após o trago matinal. Cães estranhos perambulavam e nos encaravam admirados ao ver-nos passar, mas o nosso inimitável Toby não olhava para a direita, tampouco para a esquerda, trotando em frente com o focinho junto ao chão e ocasionalmente ganindo ansioso com um rasto mais forte.

Havíamos percorrido Streatham, Brixton, Camberwell e agora nos encontrávamos em Kennington Lane, rumando por ruas laterais para o leste do Oval. Os homens que seguíamos pareciam ter tomado um caminho curiosamente tortuoso, provavelmente com a ideia de passarem despercebidos. Eles nunca tomavam a rua principal se houvesse uma rua paralela que lhes servisse. No começo da Kennington Lane, tomaram a esquerda pela Bond Street e Miles Street. No ponto em que essa última vira Knight's Place, Toby parou de avançar e começou a correr para diante e para trás com uma orelha de pé e a outra caída, o próprio quadro da indecisão canina. Então se arrastou em círculos, olhando de quando em quando para nós, como a pedir nossa compreensão por seu embaraço.

– Que diabo está acontecendo com o cachorro? – resmungou Holmes. – Certamente eles não tomaram um cupê ou subiram em um balão.

– Talvez eles tenham ficado aqui por um tempo – sugeri.

– Ah! Está tudo bem. Ele partiu mais uma vez – disse meu companheiro em tom de alívio.

Lá foi ele, com efeito, pois, tendo farejado ao redor, subitamente tomou uma decisão e disparou com uma energia e determinação que não havia ainda demonstrado. O rasto parecia ser muito mais forte do que antes, já que ele nem precisava mais pôr o focinho junto ao chão, puxando a coleira com força e tentando irromper em uma corrida. Eu podia ver pelo brilho nos olhos de Holmes que ele acreditava estarmos próximos do final da nossa jornada.

Nosso caminho seguiu por Nine Elms, até chegarmos ao grande depósito de madeira de Broderick e Nelson, um pouco depois da taberna White Eagle. Aqui o cachorro, desvairado de excitamento, entrou pelo portão lateral para o cercado onde os serradores já estavam trabalhando. Seguiu em disparada, passando por aparas e serragens, por uma alameda, ao longo de um corredor, entre duas pilhas de tábuas, e, finalmente, com um latido triunfante, saltou sobre um grande barril que ainda estava no carrinho de mão sobre o qual havia sido trazido. Com a língua de fora e os olhos piscando, Toby empoleirou-se no barril, olhando de um para o outro em busca de algum sinal de aprovação. As bordas do barril e as rodas do carrinho estavam lambuzadas com um líquido escuro e todo o ar estava pesado com o cheiro de creosoto.

Sherlock Holmes e eu fitamos um ao outro confusos e então irrompemos simultaneamente em um acesso de riso.

Capítulo 8

Os irregulares de Baker Street

– E AGORA? – perguntei. – Toby perdeu sua fama de infalível.

– Ele agiu de acordo com seu instinto – disse Holmes, tirando-o de cima do barril e levando-o para fora. – Se você levar em consideração quanto creosoto é transportado em Londres em um dia, não causa grande espanto que o nosso rasto tenha sido cortado por outro. Ele é muito usado agora, especialmente para curar a madeira. O pobre Toby não tem culpa.

– Suponho que nós devamos retornar ao rasto principal.

– Sim. E, felizmente, não temos de ir longe. Evidentemente o que confundiu o cão na esquina da Knight's Place foi que havia dois rastos diferentes correndo em direções opostas. Seguimos o errado. Resta somente seguir o outro.

Não houve dificuldade a esse respeito. Reconduzindo Toby ao lugar onde ele havia cometido o erro, procurou com afinco em um largo círculo e finalmente lançou-se em uma nova direção.

– Devemos cuidar para que ele não nos leve agora para o lugar de onde veio o barril de creosoto – observei.

– Eu tinha pensado nisso. Mas veja que ele se mantém na calçada, enquanto o barril passou pelo meio da rua. Não, nós estamos no rasto certo agora.

Seguíamos agora em direção ao rio, cortando a Belmont Place e a Prince's Street. No fim da Broad

Street, ele correu direto para a beira d'água, onde havia um pequeno trapiche de madeira. Toby nos levou até o limite desse e ali parou ganindo, mirando a corrente turva embaixo.

– Não estamos com sorte – disse Holmes. – Eles pegaram um barco aqui.

Vários esquifes e botes pequenos de fundo chato estavam espalhados na água e na extremidade do trapiche. Levamos Toby para perto de cada um e, apesar de ele ter farejado com veemência, ele não deu sinal de reconhecimento.

Próximo ao rude embarcadouro, havia uma pequena casa de tijolos, com uma plaqueta de madeira pendurada na segunda janela. "Modercai Smith" estava escrito em letras garrafais e abaixo, "Barcos para alugar por dia ou por hora". Uma segunda inscrição acima da porta nos informava que também havia uma lancha a vapor... afirmação que era confirmada por uma grande pilha de carvão sobre o cais. Sherlock Holmes olhou vagarosamente ao redor, e o seu rosto assumiu uma expressão sinistra.

– Isto não é bom – disse ele. – Esses sujeitos são mais espertos do que eu esperava. Eles parecem ter coberto seus rastos. Receio que tenham planejado de antemão.

Ele se aproximava da porta da casa quando ela se abriu e um pequeno garotinho de seis anos e cabelos crespos saiu correndo, seguido por uma mulher robusta e avermelhada com uma grande esponja na mão.

– Volte aqui para o banho, Jack – gritou ela. – Volte aqui, seu diabinho. Quando seu pai voltar para casa e encontrá-lo desse jeito, ele não vai gostar.

– Meu pequeno camarada! – disse Holmes estrategicamente. – Que molequinho forte! Escute, Jack, você gostaria de alguma coisa?

O garoto ponderou por um instante.

– Eu queria um xelim – disse ele.

– Não há nada de que você goste mais?

– Gosto mais de dois xelins – respondeu o prodígio, depois de pensar um pouco.

– Aqui está, então! Pegue! Uma beleza de criança, sra. Smith!

– Deus lhe abençoe, senhor, ele é esperto até demais. Às vezes quase não consigo cuidar dele sozinha, especialmente quando meu marido fica dias fora de casa.

– Ele não está? – disse Holmes com um tom desapontado. – Que pena, pois eu queria falar com o sr. Smith.

– Ele saiu ontem de manhã, senhor, e, verdade seja dita, estou começando a sentir-me assustada. Mas se for sobre um barco, senhor, talvez eu possa ajudá-lo.

– Eu queria alugar a sua lancha a vapor.

– Ora, veja só, senhor, foi justamente na lancha a vapor que ele saiu. Isto é que não compreendo, pois eu sei que só há carvão suficiente nela para ir até Woolwich e voltar. Se ele tivesse ido na chata, eu não teria pensado nada, pois muitas vezes um trabalho levou-o tão longe quanto Gravesend, e então se havia muito o que fazer por lá, ele ficava mais um dia. Mas para que serve uma lancha a vapor sem carvão?

– Ele pode ter comprado um pouco em um ancoradouro rio abaixo.

– Poderia, senhor, mas ele não costuma fazer isso. Muitas vezes, vi-o reclamar dos preços que eles cobram por uns poucos sacos. Além disso, não gosto daquele homem de perna de pau, da sua cara feia e fala esquisita. O que ele quer batendo aqui a toda hora?

– Um homem de perna de pau? – disse Holmes levemente surpreso.

— Sim, senhor, um tipo queimado, com cara de macaco, que já procurou mais de uma vez meu marido. Foi ele que o acordou ontem à noite. E tem mais: meu marido sabia que ele estava vindo, pois a lancha já tinha pressão. Eu lhe digo francamente, senhor, isso aí não me cheira bem.

— Mas minha cara sra. Smith — disse Holmes, encolhendo os ombros. — A senhora está se assustando por nada. Como a senhora pode dizer que foi o homem de perna de pau que veio à noite? Eu realmente não compreendo como a senhora pode ter tanta certeza.

— Pela voz, senhor. Eu conhecia a voz, um tanto grossa e encatarrada. Ele bateu de leve no sino da lancha... eram umas três horas. "De pé, camarada — disse ele —, hora do seu quarto." Meu marido acordou Jim — que é meu filho mais velho — e lá se foram sem me dizer uma palavra. Eu pude ouvir o estalido da perna de pau sobre as pedras.

— E esse homem da perna de pau estava sozinho?

— Não posso dizer com certeza, senhor. Não ouvi mais ninguém.

— Sinto muito, sra. Smith, pois eu queria uma lancha a vapor, e eu ouvi falar bem da... deixe-me ver, qual é mesmo o nome?

— A *Aurora*, senhor.

— Ah! Ela não é aquela velha lancha verde com uma lista amarela e bastante larga na proa?

— Não, nada disso. Ela está em tão bom estado como qualquer outra lancha no rio. Foi recém-pintada de preto, com duas faixas vermelhas.

— Obrigado. Espero que a senhora tenha notícias logo do sr. Smith. Vou descer o rio e, se encontrar a *Aurora*, vou dizer-lhe que a senhora está inquieta. Uma chaminé preta, não é?

– Não, senhor. Preta com uma faixa branca.

– Ah, é claro. Os costados é que eram pretos. Tenha um bom-dia, sra. Smith. Ali está um barqueiro com uma barcaça, Watson. Vamos atravessar o rio com ele.

– A principal coisa quando se está lidando com esse tipo de gente – disse Holmes, enquanto nos sentávamos nos bancos da barcaça – é nunca os deixar pensar que as suas informações têm importância para você. Do contrário, vão fechar-se imediatamente como uma ostra. Mas se os ouve fingindo má vontade, é muito provável que consiga o que você quer.

– Nosso curso parece bastante claro agora – disse eu.

– O que você faria, então?

– Alugaria uma lancha e desceria o rio em busca da *Aurora*.

– Meu caro amigo, isso seria uma tarefa colossal. Ela pode ter atracado em qualquer trapiche, em uma ou outra margem do rio, daqui até Greenwich. Depois da ponte há um labirinto perfeito de atracadouros por milhas. Você levaria dias e dias a percorrê-los, se o fizesse sozinho.

– Empregue a polícia, então.

– Não. Provavelmente chamarei Athelney Jones no último momento. Ele não é um mau sujeito, e eu não gostaria de fazer nada que o prejudicasse profissionalmente. Mas acho que prefiro resolver isso sozinho, agora que já fomos tão longe.

– Então poderíamos colocar um anúncio nos jornais, pedindo informações dos proprietários dos ancoradouros?

– Muito pior! Nossos homens saberiam que a perseguição estava próxima dos seus calcanhares e deixariam o país. Assim como está, é bem provável que eles o deixem, mas enquanto pensarem que estão perfeitamente seguros, não terão pressa. A energia de Jones vai nos ajudar nesse sentido, pois o seu ponto de vista sobre o caso certamente encontrará espaço na imprensa diária, e os fugitivos vão pensar que todos estão seguindo a pista falsa.

– O que devemos fazer, então? – perguntei enquanto desembarcávamos próximos à penitenciária de Millbank.

– Pegar esse cabriolé, ir para casa, tomar um café da manhã e dormir por uma hora. É bem provável que tenhamos ação hoje à noite novamente. Pare em uma agência telegráfica, cocheiro! Vamos ficar com Toby, pois ele ainda pode nos ser útil.

Paramos na agência dos correios de Great Peter Street, e Holmes enviou o seu telegrama.

– Para quem você acha que foi o telegrama? – perguntou ele, ao reiniciarmos nossa viagem.

– Com certeza não sei.

– Você se lembra do meu destacamento de detetives da divisão de Baker Street que empreguei no caso Jefferson Hope?

– Perfeitamente – disse eu rindo.

– Pois esse é justamente o caso em que eles podem ser inestimáveis. Se eles falharem, tenho outros recursos, mas vou tentar com eles primeiro. Aquele telegrama foi para o meu pequeno e indecente tenente Wiggins, e espero que ele e sua gangue estejam conosco antes de terminarmos nosso café da manhã.

Eram entre oito e nove horas agora, e eu estava consciente da forte reação após os sucessivos alvoroços da noite. Sentia-me cansado e mancando, com a cabeça confusa e o corpo fatigado. Eu não tinha o entusiasmo profissional que impelia meu companheiro, tampouco podia olhar para o problema como um problema intelectual abstrato. Com relação à morte de Bartholomew Sholto, pouco ouvira falar bem dele e não conseguia sentir uma intensa antipatia pelos seus assassinos. O tesouro, no entanto, era um assunto diferente. Ele, ou parte dele, pertencia legitimamente à srta. Morstan. Enquanto houvesse uma chance de recuperá-lo, eu estava disposto a devotar minha vida a esse único objetivo. Na verdade, se o encontrasse, ele provavelmente a colocaria para sempre além do meu alcance. Contudo, seria um amor mesquinho e egoísta se se deixasse influenciar por semelhante ideia. Se Holmes podia trabalhar para encontrar os criminosos, eu tinha uma razão dez vezes mais forte a instigar-me a encontrar o tesouro.

Um banho em Baker Street e uma muda nova refrescaram-me maravilhosamente. Quando voltei a nossa sala, encontrei a mesa posta e Holmes servindo o café.

– Aqui está – ele disse, rindo e apontando para um jornal aberto. – O energético Jones e o onipresente repórter chegaram a um acerto. Mas você já está farto desse caso. Melhor comer seus ovos com presunto primeiro.

Tomei o jornal dele e li a breve notícia, que se intitulava "Fato misterioso em Upper Norwood".

"Em torno da meia-noite de ontem – dizia o *Standard* – o sr. Bartholomew Sholto, de Pondicherry Lodge, Upper Norwood, foi encontrado morto em seu quarto sob circunstâncias que indicam uma ação criminosa. Até onde sabemos, nenhum traço de violência foi encontrado no sr. Sholto, mas foi levada uma valiosa coleção de gemas hindus que o falecido cavalheiro herdara de seu pai. A descoberta foi feita primeiro pelo sr. Sherlock Holmes e o dr. Watson, que chegavam à casa com o sr. Thaddeus Sholto, irmão do falecido. Por um feliz acaso, o sr. Athelney Jones, conhecido membro da corporação de detetives, estava no posto policial de Norwood e compareceu ao local meia hora após o primeiro alarme ter sido dado. Seus conhecimentos e sua experiência foram direcionados imediatamente para a prisão dos criminosos, com o gratificante resultado de que o irmão, Thaddeus Sholto, já foi detido, juntamente com a governanta, sra. Bernstone, um mordomo hindu chamado Lal Rao e um porteiro, ou segurança, chamado McMurdo. É muito provável que o ladrão, ou ladrões, conhecesse(m) bem a casa, pois o notório conhecimento técnico do sr. Jones e seus poderes de observação minuciosa capacitaram-no a provar conclusivamente que os patifes não poderiam ter entrado pela porta ou pela janela, mas sim pelo telhado da casa e depois por um alçapão, até um quarto que se comunicava com aquele em que o corpo foi encontrado. Esse fato, que ficou perfeitamente esclarecido, prova conclusivamente que não se tratou de um mero roubo acidental. A ação pronta e enérgica das autoridades demonstra a grande vantagem da presença em tais ocasiões de uma mente vigorosa e hábil. Não podemos deixar de pensar que esse é mais um argumento em favor daqueles que gostariam de ver o nosso corpo de detetives mais descentralizado e em um contato mais próximo e efetivo com os casos a serem investigados."

– Não é magnífico? – disse Holmes, rindo largamente com sua xícara de café. – O que você acha disso?

– Eu acho que nós estivemos próximos de ser presos pelo crime.

– Também acho. Eu não garanto por nossa segurança agora, se acontecer de ele ter outro dos seus acessos de energia.

Nesse instante, soou fortemente a campainha e consegui ouvir a sra. Hudson, nossa senhoria, erguendo a voz em um lamento de protesto e consternação.

– Meu Deus, Holmes – eu disse, levantando-me –, acho que eles estão realmente em nosso encalço.

– Não, não é tão mau assim. Trata-se da corporação não oficial... os irregulares de Baker Street.

Enquanto ele falava, ouviu-se um tropel de passos descalços na escada, uma algazarra de vozes agudas, e em seguida adentraram a sala uma dúzia de garotos de rua árabes, sujos e maltrapilhos. Houve alguma demonstração de disciplina entre eles, apesar da entrada tumultuosa, pois instantaneamente se puseram em linha e ficaram nos olhando com expectativa. Um deles, mais alto e mais velho do que os outros, deu um passo à frente com um ar indolente de superioridade, o que era muito engraçado naquele pequeno e reles espantalho.

– Recebi a sua mensagem, senhor – ele disse –, e trouxe-os imediatamente. Três xelins e seis pence de passagens.

– Aqui está – disse Holmes, passando-lhe algumas moedas. – No futuro, eles se reportarão a você, Wiggins, e você a mim. Não posso ter a casa invadida desse jeito. Mas já que estão aqui, todos podem ouvir as instruções. Eu quero saber o paradeiro de uma lancha a vapor chamada *Aurora*, preta com duas faixas vermelhas, chaminé preta com uma faixa branca, cujo proprietário é Modercai Smith. Ela está em algum lugar do rio. Eu quero um garoto no embarcadouro de Modercai Smith, que é defronte a Millbank, para dizer se o barco voltou. Vocês devem dividir-se e percorrer minuciosamente os dois lados do rio. Avisem-me no momento em que tiverem notícias. Está tudo claro?

– Sim, chefe – disse Wiggins.

— A velha escala de pagamento e um guinéu para o garoto que encontrar o barco. Aqui está um dia adiantado. Agora se mandem!

Ele passou um xelim para cada um, e lá se foram escada abaixo. Um momento depois já os vi correndo rua afora.

— Se a lancha estiver acima d'água, eles a encontrarão — disse Holmes, enquanto levantava da mesa e acendia o cachimbo. — Eles podem ir a todos lugares, ver tudo, ouvir a todos. Acredito que até a noite eles nos dirão que a encontraram. Entrementes, não podemos fazer nada, a não ser esperar os resultados. Não é possível retomar a pista interrompida antes de encontrarmos a *Aurora* ou o sr. Modercai Smith.

— Eu diria que Toby poderia comer esses restos. Você vai deitar-se agora, Holmes?

— Não, não estou cansado. Eu tenho uma constituição curiosa. Não me lembro de sentir-me cansado pelo trabalho. No entanto, a ociosidade me exaure completamente. Eu vou fumar e pensar sobre esse assunto estranho que a nossa bela cliente nos trouxe. Se já houve um dia um trabalho fácil para um homem, deve ser esse nosso. Homens de perna de pau não são tão comuns, mas o outro homem deve, creio eu, ser absolutamente único.

— Esse outro homem de novo!

— Não quero fazer um mistério a respeito disso para você, de qualquer forma. Mas você deve ter formado a sua própria opinião. Agora, considere os dados. Pegadas diminutas, dedos jamais comprimidos por sapatos, pés descalços, bastão de madeira com cabeça de pedra, grande agilidade, pequenos dardos envenenados. O que você diz disso tudo?

— Um selvagem! — exclamei. — Talvez um desses hindus que estavam associados com Jonathan Small.

— Dificilmente seria isso — ele disse. — Logo que vi sinais de armas estranhas, eu estive inclinado a pensar isso, mas o caráter extraordinário das pegadas me fez reconsiderar meus pontos de vista. Alguns habitantes da península indiana são homens pequenos, mas nenhum teria deixado marcas como essas. O hindu típico tem pés longos e finos. O maometano que usa sandálias tem o dedão bem separado dos outros, porque a tira de couro é usualmente passada entre eles. Esses dardos pequenos, também, só poderiam ser atirados de uma maneira. Eles são de uma zarabatana. Bom, então, onde nós encontraremos o nosso selvagem?

— América do Sul — arrisquei.

Ele estendeu a mão e apanhou um grosso volume da prateleira.

— Este é o primeiro volume de um dicionário geográfico que está sendo publicado atualmente. Ele pode ser considerado a autoridade mais recente sobre o assunto. O que nós temos aqui? "Ilhas de Andamã, situadas a 340 milhas ao norte de Sumatra, na baía de Bengala." Hum! Hum! O que é tudo isso? Clima úmido, recifes de coral, tubarões, Port Blair, penitenciária, ilhas de Rutland, algodoais... Ah! Aqui está! "Os aborígines das ilhas de Andamã talvez possam reivindicar a distinção de serem a menor raça dessa terra, apesar de que alguns antropólogos prefiram os boximanes da África do Sul, os índios cavadores da América e os nativos da Terra do Fogo. A altura média varia em torno de um metro, embora muitos indivíduos adultos possam ser muito menores do que isso. São uma raça feroz, taciturna e intratável, porém capazes de formar amizades profundas depois que se ganha a sua confiança." Anote isso, Watson. Agora, então ouça isso. "Eles são naturalmente feios, com cabeças grandes e malformadas, olhos pequenos e selvagens, feições grosseiras. Os pés e mãos, no entanto, são extraordinariamente pequenos. Eles são tão ferozes e intratáveis, que todos os esforços dos oficiais britânicos fracassaram para conquistá-los. Sempre foram um terror para as tripulações naufragadas, quebrando a cabeça dos sobreviventes com seus bastões com cabeças de pedra, ou atirando neles com suas setas envenenadas. Esses massacres são invariavelmente concluídos com um festim antropofágico." Que gente boa e amável, Watson! Se esse sujeito tivesse agido por conta própria, este caso assumiria um aspecto ainda mais horripilante. Tenho a impressão de que Jonathan Small, mesmo as coisas não tendo chegado a esse ponto, daria muita coisa para não tê-lo empregado.

– Mas e como ele arranjou um companheiro tão singular?

– Ah, isso é mais do que eu posso dizer. Visto, no entanto, que nós já determinamos que Small veio das ilhas de Andamã, não causa tanto espanto que o ilhéu esteja com ele. Sem dúvida saberemos de tudo a seu tempo. Escute, Watson, você parece exausto. Deite-se ali no sofá, e vejamos se consigo colocá-lo para dormir.

Ele apanhou o violino do canto e, enquanto eu me espreguiçava, começou a tocar uma melodia suave, sonhadora e grave... de sua autoria, sem dúvida, pois ele tinha um talento extraordinário para a improvisação. Tenho uma vaga lembrança dos seus membros delgados, do rosto sério e do subir e descer do arco. Então me pareceu que flutuava tranquilamente em um mar suave de som, até encontrar-me na terra dos sonhos, com o rosto doce de Mary Morstan a me fitar.

Capítulo 9

Uma falha na cadeia de eventos

A TARDE JÁ ERA avançada quando acordei, revigorado e bem-disposto. Sherlock Holmes ainda se encontrava exatamente como o havia deixado, salvo que ele tinha deixado de lado o violino e estava profundamente mergulhado em um livro. Olhou-me de lado quando me mexi, e observei que seu rosto estava sombrio e preocupado.

– Você dormiu profundamente – disse ele. – Temi que a nossa conversa fosse acordá-lo.

– Não ouvi nada – respondi. – Então, você tem notícias novas?

– Infelizmente, não. Confesso que estou surpreso e desapontado. Eu esperava algo definitivo a essa altura. Wiggins esteve há pouco aqui. Ele disse que não há o menor sinal da lancha. Trata-se de um estorvo irritante, pois cada hora tem importância.

– Posso fazer alguma coisa? Estou perfeitamente renovado agora e pronto para outra saída noturna.

– Não, não podemos fazer nada. Só podemos esperar. Se nós sairmos, a mensagem pode chegar em nossa ausência e causar um atraso. Você pode fazer o que quiser, mas eu devo ficar de guarda.

– Então eu vou até Camberwell visitar a sra. Cecil Forrester. Ela me pediu isso ontem.

– A sra. Cecil Forrester? – perguntou Holmes, com um brilho divertido nos olhos.

– Bom, é claro, a srta. Morstan também. Elas estavam ansiosas por saber o que aconteceu.

– Eu não lhes diria muita coisa – disse Holmes.
– Nunca se deve confiar inteiramente nas mulheres... mesmo nas melhores delas.

Não me detive para discutir esse péssimo sentimento.

– Estarei de volta em uma ou duas horas – avisei.

– Muito bem! Boa sorte! Mas, já que você vai atravessar o rio, quem sabe você não devolve Toby, pois não acho que venhamos a utilizá-lo daqui por diante.

Assim levei nosso sabujo e deixei-o, junto com dez xelins, com o velho naturalista em Pinchin Lane. Em Camberwell, encontrei a srta. Morstan um pouco cansada após as aventuras da noite, mas muito ansiosa para ouvir as notícias. A sra. Forrester também estava muito curiosa. Contei-lhes tudo que havíamos feito, omitindo, no entanto, as partes mais desagradáveis da tragédia. Desse modo, embora tenha falado da morte do sr. Sholto, não disse nada precisamente sobre a maneira e o método usados. Mesmo com todas as minhas omissões, havia o suficiente para chocá-las e impressioná-las.

– É um romance! – exclamou a sra. Forrester. – Uma dama ludibriada, um tesouro de meio milhão, um canibal negro e um vilão de perna de pau. Eles fazem as vezes do convencional dragão ou do conde malvado.

– E dois cavaleiros andantes para salvá-la – acrescentou a srta. Morstan, com uma olhadela radiante para mim.

– Ora essa, Mary, a sua fortuna depende dessa busca. Você não parece muito entusiasmada com isso. Só imagine o que significa ser tão rica e ter o mundo a seus pés!

Ao observar que ela não demonstrava sinal algum de emoção com a perspectiva, um pequeno frêmito de alegria passou pelo meu coração. Ao contrário, ela meneou a cabeça orgulhosa, como se a questão pouco lhe interessasse.

– É com o sr. Thaddeus Sholto que estou preocupada – disse ela. – Nada mais tem qualquer importância. Acho que ele procedeu de maneira honrada e bondosa durante o tempo todo. É nosso dever livrá-lo dessa acusação terrível e infundada.

Já anoitecia quando deixei Camberwell e bastante escuro quando cheguei em casa. O livro e o cachimbo do meu companheiro estavam na sua cadeira, mas ele tinha desaparecido. Olhei em torno na esperança de ver uma nota, mas não havia nenhuma.

– Suponho que o sr. Sherlock Holmes tenha saído – disse para a sra. Hudson quando ela subiu para fechar as persianas.

– Não, senhor. Ele foi para o seu quarto. O senhor sabe – baixando a voz a um cochicho – que temo pela sua saúde?

– Como assim, sra. Hudson?

– Bom, ele está tão estranho. Após o senhor ter saído, ele caminhou, para cima e para baixo, e para cima e para baixo, até eu cansar de ouvir os seus passos. Então notei que ele falava sozinho e resmungava, e toda vez que a campainha tocava, ele aparecia no alto da escada perguntando: "O que é, sra. Hudson?". E agora ele se trancou no quarto, mas consigo ouvi-lo caminhando do mesmo jeito que antes. Espero que não vá adoecer, senhor. Arrisquei-me a dizer algo para ele sobre um calmante, mas ele me olhou de tal modo, senhor, que não sei como consegui sair do quarto.

– Não há motivo para preocupar-se, sra. Hudson – respondi. – Já o vi assim antes. Ele está às voltas com algum pequeno problema, o que o deixa agitado.

Procurei falar despreocupadamente com a nossa digna senhoria, mas eu próprio me sentia apreensivo quando, durante a longa noite, ainda ouvia de tempos em tempos o som monótono do seu passo e sabia como o seu espírito incisivo estava impacientando-se com essa ociosidade involuntária.

No café da manhã ele parecia alquebrado e abatido, com uma pequena mancha febril em cada bochecha.

– Você está se esgotando, meu velho – observei. – Ouvi-o caminhando durante a noite.

– Não consegui dormir – disse ele. – Esse problema infernal está me consumindo. É demais ser impedido por um obstáculo tão pequeno quando todo o resto já foi superado. Eu sei quem são os homens, a lancha, tudo, e ainda assim não consigo notícia alguma. Já coloquei outras pessoas para trabalhar e usei todos os meios à minha disposição. Todo o rio foi vasculhado em cada lado, mas não há notícias, tampouco a sra. Smith ficou sabendo de seu marido. Dentro em pouco devo chegar à conclusão de que eles afundaram a embarcação.

– Ou que a sra. Smith nos colocou na pista errada.

– Não, acho que isso pode ser descartado. Mandei averiguar, e existe uma lancha com essa descrição.

– Ela poderia ter seguido rio acima?

– Também considerei essa possibilidade, e há um grupo de busca que vai investigar até Richmond. Se nenhuma notícia chegar hoje, vou partir sozinho amanhã e irei atrás dos homens em vez de do barco. Mas certamente, certamente, ficaremos sabendo de algo.

Contudo, isso não ocorreu. Nenhuma palavra nos veio de Wiggins ou de outros investigadores. A maioria dos jornais publicou artigos sobre a tragédia de Norwood. Todos pareceram bastante hostis em relação ao desventurado Thaddeus Sholto. No entanto, nenhum detalhe novo apareceu em nenhum deles, salvo que um inquérito judicial teria lugar no dia seguinte. À tarde fui a pé até Camberwell para relatar nosso insucesso às damas e, ao voltar, encontrei Holmes deprimido e de certa forma mal-humorado. Ele mal respondeu às minhas perguntas, ocupando-se toda a noite com uma análise química obscura que envolvia bastante aquecimento de retortas e destilação de vapores, terminando finalmente com um cheiro que quase me expulsou do apartamento. Até altas horas da madrugada ainda pude ouvir o tinir dos tubos de ensaio, o que me disse que ele ainda continuava empenhado no seu experimento malcheiroso.

No raiar do dia, acordei sobressaltado e surpreendi-me ao vê-lo parado ao lado da minha cama, vestindo um rude uniforme de marinheiro, com um pesado casaco e uma manta vermelha enrolada no pescoço.

– Vou para o rio, Watson – ele disse. – Andei revirando o caso em minha cabeça e só encontro uma saída. De qualquer forma, vale a pena tentar.

– Certamente posso acompanhá-lo, não é? – eu disse.

– Não, você pode ser muito mais útil se permanecer aqui como meu representante. Estou pouco inclinado a ir, pois é bem provável que alguma mensagem possa vir durante o dia, apesar de que Wiggins estava desanimado a esse respeito ontem à noite. Quero que você abra todas as notas e telegramas e proceda de acordo com seu próprio julgamento se chegar alguma notícia. Posso contar com você?

– Sem dúvida.

– Receio que você não possa telegrafar-me, pois eu nem sei dizer onde vou estar. Mas se tiver sorte, não demorarei muito. Devo ter alguma notícia, seja qual for, antes de voltar.

Até a hora do café da manhã ainda não recebera notícia alguma dele. Ao abrir o *Standard*, entretanto, vi que havia uma nova alusão ao assunto.

"Com relação à tragédia de Upper Norwood – dizia o jornal – nós temos razão para acreditar que o assunto promete ser ainda mais complexo e misterioso do que foi originalmente suposto. Novas provas demonstraram ser inteiramente impossível que o sr. Thaddeus Sholto possa estar envolvido de qualquer forma no caso. Ele e a governanta, sra. Bernstone, foram soltos ontem à tarde. Acredita-se, entretanto, que a polícia tenha uma pista sobre os verdadeiros culpados e que ela esteja sendo examinada pelo sr. Athelney Jones, da Scotland Yard, com toda sua notória energia e sagacidade. Novas prisões podem ocorrer a qualquer momento."

"Até aqui está muito bem" – pensei. "O amigo Sholto está seguro, de qualquer maneira. Eu me pergunto qual terá sido essa nova pista, apesar de que me parece uma forma estereotipada empregada pela polícia toda vez que ela comete um engano."

Atirei o jornal sobre a mesa, mas nesse momento um anúncio na coluna dos desaparecidos chamou-me a atenção.

"DESAPARECIDOS – Considerando que Modercai Smith, barqueiro, e seu filho Jim deixaram o Embarcadouro Smith em torno das três horas da última madrugada de terça-feira na lancha a vapor *Aurora*, de casco preto com duas faixas vermelhas, chaminé preta com uma faixa branca, e até agora não regressaram, será paga uma soma de cinco libras para qualquer pessoa que dê informações para a sra. Smith, no Embarcadouro Smith, ou no endereço 221 B, Baker Street, sobre o paradeiro do dito Modercai Smith e a lancha *Aurora*."

Isso era claramente obra de Holmes. O endereço de Baker Street era suficiente para prová-lo. Pareceu-me bastante engenhoso, porque ele poderia ser lido pelos fugitivos sem eles verem nele nada mais do que a ansiedade natural da esposa diante do desaparecimento do marido.

Foi um dia longo. Toda vez que batiam à porta, ou ouviam-se passos apressados na rua, eu imaginava se era Holmes regressando ou uma resposta para o seu anúncio. Tentei ler, mas meus pensamentos se desviavam para a nossa estranha missão e para a dupla perversa e desajeitada que estávamos perseguindo. Poderia haver, perguntei-me, algum erro fundamental no raciocínio do meu companheiro? Ele não poderia estar sendo vítima de uma grande autoilusão? Não seria possível que a sua mente sagaz e especulativa tivesse construído essa teoria insensata sobre falsas premissas? Eu nunca o vira errar e, no entanto, até o pensador mais alerta pode ocasionalmente estar enganado. Ocorreu-me que era provável que ele fosse induzido ao erro pela sutileza excessiva da sua lógica... sua preferência por uma explicação sutil e bizarra quando uma mais simples e comum estava a seu alcance. No entanto, por outro lado, eu mesmo tinha visto as evidências e ouvido as razões que fundamentavam as suas deduções. Quando eu revia a longa cadeia de curiosas circunstâncias, muitas delas triviais em si mesmas, mas todas na mesma direção, eu não podia fugir da conclusão de que mesmo a explicação de Holmes sendo incorreta, a verdadeira teoria devia ser igualmente *outré** e surpreendente.

Às três horas da tarde ressoou fortemente a campainha, ouviu-se uma voz autoritária na entrada e, para

---

* *Outré*: excêntrica, exagerada, ousada. Em francês no original. (N. E.)

minha surpresa, ninguém menos que o sr. Athelney Jones foi introduzido na minha sala. Ele parecia muito diferente, no entanto, daquele imperioso e rude professor de bom senso que havia assumido o caso com tamanha confiança em Upper Norwood. A sua expressão era abatida, e a postura, submissa e até arrependida.

– Bom dia, cavalheiro, bom dia – ele disse. – O sr. Sherlock Holmes saiu, segundo me dizem?

– Sim, e não tenho certeza de quando ele vai voltar. Mas talvez o senhor queira esperar. Sente-se e prove um desses charutos.

– Obrigado, vou esperar mesmo – ele disse, secando o rosto com um lenço vermelho estampado.

– E um uísque com soda?

– Bom, pela metade do copo. Está bastante quente para essa época do ano, e tenho andado bastante ocupado e preocupado. O senhor conhece a minha teoria sobre esse caso Norwood?

– Lembro-me de o senhor ter expressado uma.

– Bom, fui obrigado a reconsiderá-la. Eu já tinha jogado uma rede em cima do sr. Sholto, cavalheiro, quando ele de repente fugiu por um dos buracos. Ele foi capaz de arranjar um álibi que não foi possível derrubar. A partir do momento em que deixou o quarto do seu irmão, ele nunca esteve fora de vista de uma pessoa ou outra. Então não pode ter sido ele que escalou telhados e passou por alçapões. Trata-se de um caso muito obscuro, e meu crédito profissional está em jogo. Eu gostaria muito de um pequeno auxílio.

– Nós todos precisamos de ajuda algumas vezes – eu disse.

– O seu amigo, o sr. Sherlock Holmes, é um homem notável, cavalheiro – ele disse, com uma voz rouca e confidencial. – Ele é um homem que não pode ser batido. Já vi esse jovem trabalhar em um número considerável de casos, mas ainda não vi um caso que ele não tenha esclarecido. Ele é irregular em seus métodos e um pouco apressado talvez em formular suas teorias, mas no todo, acho que ele teria sido um grande inspetor, e pouco me importa que o saibam. Recebi um telegrama dele essa manhã, através do qual eu concluo que ele tenha alguma pista desse caso Sholto. Aqui está a mensagem.

Ele tirou o telegrama do bolso e passou-o para mim. Fora expedido em Poplar às doze em ponto.

"Vá imediatamente a Baker Street" – dizia o telegrama. – "Se eu não tiver voltado, espere por mim. Estou no encalço do bando Sholto. Pode vir conosco hoje à noite se quiser estar presente no desfecho do caso."

– Isso me soa bem. Ele evidentemente reencontrou o rasto mais uma vez – eu disse.

– Ah, então ele também esteve errado – exclamou Jones com evidente satisfação. – Às vezes até os melhores dentre nós se enganam. É claro que isso pode provar-se um alarme falso, mas é meu dever enquanto representante da lei não deixar escapar nenhuma chance. Tem alguém na porta. Talvez seja ele.

Alguém subia penosamente a escada, com passos pesados e respiração ofegante, denotando intenso esforço. Uma ou duas vezes parou, como se a subida fosse demais para ele, mas finalmente chegou à porta e entrou na sala. Sua aparência correspondia aos sons que tínhamos ouvido. Era um homem idoso, vestido como um marinheiro, com um velho jaquetão fechado até o pescoço. As costas estavam curvadas, os joelhos inseguros, e a respiração era dolorosamente asmática.

Ao apoiar-se em um pesado porrete de carvalho, subiam-lhe os ombros no esforço para levar ar aos pulmões. Ele tinha uma manta colorida enrolada até o queixo, mal dando para ver seu rosto, afora um par de olhos escuros e vivos, sob espessas sobrancelhas brancas, e um par de longas suíças grisalhas. No todo, dava-me a impressão de um respeitável capitão de navio que havia envelhecido e caído na pobreza.

– Que deseja, meu velho? – perguntei.

Ele me fitou da maneira lenta e metódica dos velhos.

– O sr. Sherlock Holmes está? – ele disse.

– Não, mas eu estou respondendo por ele. O senhor pode me passar qualquer mensagem que tenha para ele.

– Era para ele em pessoa que eu iria fazer isso – ele disse.

– Mas estou lhe dizendo que respondo por ele. É a respeito da lancha de Modercai Smith?

– Sim. Eu sei onde ela está. E eu sei onde estão os homens que ele está procurando. E eu sei onde está o tesouro. Eu sei de tudo sobre o caso.

– Então me diga, que eu comunicarei a ele.

– Era para ele que eu iria contar – repetiu com a obstinação insolente de um homem muito velho.

– Bom, o senhor terá de esperá-lo.

– Não, não. Não vou perder um dia inteiro para agradar a ninguém. Se o sr. Holmes não está aqui, então o sr. Holmes deve descobri-lo sozinho. Não gosto da cara de nenhum dos dois e não vou dizer uma palavra.

Ele se arrastou até a porta, mas Athelney Jones tomou-lhe a frente.

– Espere um pouco, meu amigo – ele disse. – Você tem informações importantes e não pode ir embora.

Queira ou não queira, nós vamos detê-lo até o nosso amigo voltar.

O velho fez uma tentativa de ganhar a porta, mas quando Athelney Jones encostou nela as costas largas, ele reconheceu que seria inútil resistir.

– Bela maneira de tratar as pessoas! – gritou ele, batendo com o bastão no chão. – Eu venho aqui para ver um cavalheiro, e vocês dois, que eu nunca vi em minha vida, me detêm e tratam-me desse jeito!

– O senhor não perderá nada com isso – eu disse. – Vamos recompensá-lo pela perda do seu tempo. Sente-se aqui no sofá, que a espera não será longa.

Ele obedeceu carrancudo e sentou-se com o rosto apoiado nas mãos. Jones e eu voltamos para os nossos charutos e à nossa conversa. De repente, no entanto, a voz de Holmes interrompeu-nos.

– Acho que vocês podiam me oferecer um charuto também – disse ele.

Ambos saltamos das nossas cadeiras. Lá estava Holmes sentado ao nosso lado com um ar tranquilamente divertido.

– Holmes! – exclamei. – Você aqui! Mas onde está o velho?

– Aqui está o velho – ele disse, segurando um tufo de cabelos brancos. – Aqui está ele... peruca, suíças, sobrancelhas, mas achei difícil que o disfarce passasse por esse teste.

– Ah, seu malandro! – exclamou Jones, deliciado. – Você poderia ser um ator e dos bons. A sua tosse era mesmo a de um asilo de pobres, e aquelas pernas trôpegas valiam dez libras por semana! Mas eu achei que conhecia o brilho do seu olhar.

– Estive trabalhando todo o dia nesse disfarce – ele disse, acendendo o charuto. – Acontece que muita gente no mundo do crime começa a conhecer-me... especialmente desde que o meu amigo aqui começou a publicar alguns dos meus casos, de sorte que só posso fazer minhas expedições com algum disfarce simples como esse. Você recebeu meu telegrama?

– Sim, foi isso que me trouxe aqui.

– Fez algum progresso no caso?

– Tudo deu em nada. Tive de soltar dois dos meus prisioneiros, e não há provas contra os outros dois.

– Não se preocupe com isso. Nós lhe daremos dois outros no lugar deles. Mas o senhor tem de colocar-se sob minhas ordens. Oficialmente o senhor receberá o crédito, mas desde que trabalhe de acordo com minhas diretrizes. Está de acordo?

– Inteiramente, se me ajudar a encontrar os homens.

– Bom, então, em primeiro lugar eu gostaria de um barco veloz da polícia, uma lancha a vapor, no cais de Westminster às sete horas.

– Isto pode ser conseguido facilmente. Sempre há uma lancha por lá, mas eu posso dar um telefonema para ter certeza.

– A seguir, preciso de dois homens robustos, em caso de resistência.

– Haverá dois ou três no barco. O que mais?

– Quando prendermos os homens, nós chegaremos ao tesouro. Acho que será um prazer para o meu amigo aqui levar a caixa para a jovem dama que tem o direito sobre metade dela. Vamos deixar que ela seja a primeira a abri-la. Hem, Watson?

– Seria um grande prazer para mim.

– Trata-se de um procedimento bastante irregular – disse Jones, sacudindo a cabeça. – Porém, todo o caso é irregular, e suponho que seja melhor fechar os olhos para isso. Depois o tesouro deve ser entregue às autoridades, até a investigação oficial ser concluída.

– Certamente. Isso não será problema. Mais uma coisa. Eu gostaria muito de ficar sabendo de alguns detalhes deste caso por parte do próprio Jonathan Small. O senhor sabe que eu gosto de tomar conhecimento de todos os detalhes dos meus casos. Haverá alguma objeção quanto a eu ter uma entrevista não oficial com ele, aqui ou em outro lugar, desde que ele esteja bem-vigiado?

– Bom, o senhor tem o comando da situação. Não tenho provas ainda da existência desse Jonathan Small. Entretanto, se o senhor conseguir pegá-lo, não vejo como posso recusar uma entrevista com ele.

– Então está combinado?

– Perfeitamente. Algo mais?

– Apenas que eu insisto que o senhor jante conosco. A janta estará pronta em meia hora. Tenho ostras e um par de faisões, com uma pequena variedade a escolher de vinhos brancos. Watson, você ainda não reconheceu os meus méritos como dono de casa.

Capítulo 10

O fim do ilhéu

Nossa janta foi aprazível. Holmes podia ser um grande conversador quando disposto, e nessa noite ele o estava. Parecia estar em um estado de excitação nervosa. Nunca o vi tão brilhante. Falou rapidamente sobre uma série de assuntos... dramas sacros, cerâmica medieval, violinos Stradivarius, o budismo no Ceilão e navios de guerra do futuro... tratando de cada um como se tivesse feito um estudo especial a respeito. O seu bom humor indicava uma reação contra a profunda depressão dos dias anteriores. Athelney Jones revelou-se um ser sociável em seus momentos de folga e atirou-se ao jantar com o ar de um *bon-vivant*. Quanto a mim, sentia-me animado com a ideia de que estávamos chegando ao fim da nossa tarefa, e a jovialidade de Holmes contagiara-me um pouco. Nenhum de nós aludiu, durante o jantar, à causa que nos havia reunido.

Quando a toalha foi tirada, Holmes olhou de relance o relógio e encheu três cálices com vinho do Porto.

– Um gole – disse ele – ao sucesso da nossa pequena expedição. E agora está mais do que na hora de irmos. Você está com o seu revólver, Watson?

– Tenho meu velho revólver do exército na escrivaninha.

– Então é melhor você o pegar. É bom estar preparado. Vejo que o cabriolé está à porta. Pedi que ele viesse às seis e meia.

Era um pouco depois das sete horas quando chegamos ao embarcadouro de Westminster e encontramos a lancha à nossa espera. Holmes examinou-a com um olhar crítico.

– Há alguma coisa que a identifique como uma lancha da polícia?

– Sim, aquele farol verde no costado.

– Então, tire-o.

A pequena mudança foi feita, subimos a bordo, e as amarras foram soltas. Jones, Holmes e eu sentamos à popa. Havia um homem no leme, outro para cuidar das máquinas, e dois vigorosos inspetores na proa.

– Para os lados da Torre de Londres. Diga-lhes para parar diante do estaleiro de Jacobson.

Nossa embarcação era evidentemente muito rápida. Passamos velozmente pelas longas filas de chatas carregadas como se elas estivessem ancoradas. Holmes sorriu com satisfação quando alcançamos um navio a vapor e o deixamos para trás.

– Acho que somos capazes de alcançar qualquer coisa no rio – disse ele.

– Bom, isso talvez seja um exagero. Mas não há muitas lanchas que possam nos bater.

– Teremos de alcançar a *Aurora*, e ela tem fama de ser veloz. Vou lhe contar o pé em que estão as coisas, Watson. Lembra-se de como fiquei aborrecido ao ver-me barrado por uma coisa tão insignificante?

– Sim.

– Bom, eu descansei profundamente minha mente mergulhando em uma análise química. Um dos nossos maiores estadistas disse que uma mudança de trabalho é o melhor descanso. Realmente. Quando consegui dissolver o hidrocarboneto no qual estava trabalhando, voltei para o nosso problema dos Sholtos e repensei todo o caso. Meus garotos tinham andado rio acima e abaixo sem resultados. A lancha não estava em um trapiche ou embarcadouro, tampouco havia voltado. No entanto ela dificilmente havia sido afundada para esconder os seus rastos, apesar de sempre haver essa hipótese se as outras falhassem. Eu sabia que esse tal de Small tinha um certo grau de astúcia, mas não o considerava capaz de fazer algo sutil e refinado. Isto é geralmente produto de uma educação superior. Então refleti que estando em Londres certamente há algum tempo – conforme foi provado por sua contínua vigilância sobre Pondicherry Lodge –, ele dificilmente poderia partir de um momento para o outro, precisaria de algum tempo, ainda que fosse só um dia, para pôr em ordem os seus negócios. De qualquer maneira, esse era o saldo das probabilidades.

– Parece-me um raciocínio um pouco fraco – eu disse. – É mais provável que ele tenha feito esses preparativos antes de partir para a sua expedição.

– Não, não penso assim. Esse covil seria muito valioso como esconderijo, caso houvesse a necessidade, para que o deixasse antes de ter certeza de que não precisava mais dele. Mas ocorreu-me uma segunda consideração. Jonathan Small deve ter sentido que a aparência peculiar do seu companheiro, por mais que o cobrisse com roupas, daria o que falar e possivelmente seria associada à tragédia de Norwood. Ele era esperto o suficiente para ver isso. Eles tinham saído do esconderijo sob a proteção da noite, e ele gostaria de voltar antes que fosse dia claro. E já eram mais de três horas, de acordo com a sra. Smith, quando eles pegaram a lancha. Em uma hora ou mais já estaria bastante claro e haveria pessoas na rua. Portanto, argumentei que não teriam ido muito longe. Teriam pago bem ao Smith para que ficasse calado, guardaram a lancha para a fuga final e correram para o seu esconderijo com a caixa do tesouro. Duas noites depois, quando tiveram tempo para ver o que diziam os jornais e se havia qualquer suspeita, saíram protegidos pela escuridão em direção a algum barco em Gravesend ou nas Downs, onde, sem dúvida, já tinham passagens para a América ou para as colônias.

— Mas e a lancha? Não poderiam tê-la levado para o seu esconderijo.

— Exatamente. Argumentei que a lancha não poderia estar muito longe, apesar da sua invisibilidade. Coloquei-me, então, no lugar de Small e raciocinei como faria um homem com a sua capacidade. Ele provavelmente consideraria que mandar a lancha de volta ou mantê-la em um embarcadouro tornaria fácil uma busca, se a polícia estivesse no seu encalço. Como, então, ele poderia esconder a lancha e ainda assim tê-la à mão quando quisesse? Imaginei o que eu próprio faria se estivesse no lugar dele. Só consegui pensar em uma forma de fazê-lo. Eu poderia entregar a lancha para algum estaleiro ou oficina, com instruções para fazer um reparo qualquer nela. Ela seria então removida para um galpão ou dique e, desse modo, ficaria eficazmente escondida e, ao mesmo tempo, à minha disposição dentro de poucas horas.

— Isso parece bastante simples.

— Pois são justamente essas coisas muito simples que são extremamente fáceis de serem esquecidas. Entretanto, eu estava determinado a agir de acordo com essa ideia. Comecei imediatamente minha pesquisa nessa inocente indumentária de marinheiro e saí a perguntar por todos os estaleiros do rio. Não encontrei nada em quinze deles, mas no décimo sexto, o Jacobson, fiquei sabendo que a *Aurora* havia sido deixada ali alguns dias atrás por um homem de perna de pau, com algumas instruções triviais sobre o seu leme. "Não há nada de errado com o leme", disse o capataz. "Ali está ela, com as faixas vermelhas." Nesse momento quem havia de aparecer senão Modercai Smith, o proprietário desaparecido. Ele estava realmente bêbado. É claro que eu não poderia reconhecê-lo, mas berrou seu nome e o da lancha. "Eu a quero hoje de noite às oito horas", ele disse. "Oito em ponto, veja bem, porque tenho dois cavalheiros que não podem esperar." Era óbvio que o tinham pago muito bem, pois estava cheio de dinheiro, distribuindo xelins à sua volta para os homens. Eu o segui por algum tempo, mas ele se meteu em uma cervejaria. Então eu voltei para o estaleiro e, tendo encontrado um dos meus garotos no caminho, coloquei-o como sentinela junto à lancha. Ele deve ficar na beira d'água e agitar um lenço para nós quando eles partirem. Nós ficaremos à distância no rio, e será estranho se não apanharmos os homens, tesouro e tudo mais.

– O senhor planejou tudo muito bem, sejam eles os homens certos ou não – disse Jones. – Mas se o caso estivesse em minhas mãos, eu teria um grupo de policiais no estaleiro Jacobson e os prenderia quando aparecessem.

– O que seria nunca. Esse Small é um sujeito bastante esperto. Ele mandaria um batedor na frente e, se desconfiasse de alguma coisa, se esconderia por mais uma semana.

– Mas você poderia ter seguido Modercai Smith e assim ser levado ao esconderijo deles – eu disse.

– Nesse caso, eu teria perdido meu dia. Creio que há uma chance em cem de que Smith saiba onde eles vivem. Enquanto ele tiver bebida e um bom pagamento, por que ele vai fazer perguntas? Eles lhe mandam mensagens dizendo o que fazer. Não, pensei sobre todos os cursos de ação possíveis, e esse é o melhor.

Enquanto conversávamos, íamos passando a todo vapor pela longa série de pontes que atravessam o Tâmisa. Quando passamos a City, os últimos raios de sol douravam a cruz sobre a cúpula da catedral de St. Paul. Caía o crepúsculo quando alcançamos a torre.

– Aquele é o estaleiro Jacobson – disse Holmes, apontando para um emaranhado de mastros e cordames no lado de Surrey. – Navegue lentamente por aqui, sob a cobertura dessa fila de barcas. Ele tirou um binóculo de lentes noturnas do bolso e ficou olhando a costa por algum tempo. – Estou vendo meu sentinela no seu posto – observou ele –, mas nenhum sinal de um lenço.

– E se descêssemos um pouco o rio e ficássemos à espera deles? – disse Jones ansiosamente.

A essa altura estávamos todos impacientes, até os policiais e marinheiros, que tinham uma ideia muito vaga do que estava para acontecer.

– Não temos o direito de contar com coisa alguma como certa – respondeu Holmes. – Há certamente uma probabilidade de dez para um de que eles desçam o rio, mas nós não podemos estar certos. Desse ponto podemos ver a entrada do estaleiro, e eles dificilmente nos veem. A noite será clara e haverá bastante luz. Devemos ficar onde estamos. Vejam toda aquela gente à luz do gás do outro lado.

– Eles estão saindo do trabalho no estaleiro.

– Que turma de malandros, mas suponho que em cada um deles se esconda uma pequena centelha imortal. Olhando-os, ninguém pensaria nisso. *A priori*, não há nenhuma probabilidade de que a tenham. Que estranho enigma é o homem!

– Alguém o chama de uma alma escondida em um animal – sugeri.

– Winwood Ridge trata bem esse assunto – disse Holmes. – Ele observa que, enquanto indivíduo, o homem é um quebra-cabeças insolúvel, mas como grupo ele se torna uma certeza matemática. Você nunca pode, por exemplo, prever o que fará um homem, mas pode dizer com precisão o que fará um determinado número deles. Indivíduos variam, mas as percentagens permanecem constantes. Assim diz o estatístico. Mas estou vendo um lenço? Certamente é algo branco a agitar-se do outro lado.

– Sim, é o seu garoto – exclamei. – Posso vê-lo nitidamente.

– E lá vai a *Aurora* – exclamou Holmes –, e correndo como o diabo! Para frente a todo vapor, maquinista. Siga aquela lancha com a luz amarela. Por Deus, nunca me perdoarei se ela nos deixar para trás!

Ela tinha deslizado pela entrada do estaleiro sem ser vista e passado por entre duas ou três pequenas embarcações, de maneira que já desenvolvia uma boa velocidade quando a vimos. Agora ela estava voando rio abaixo, próximo à costa, com uma marcha tremenda. Jones olhou-a gravemente e abanou a cabeça.

– Ela é muito rápida – disse ele. – Duvido que consigamos alcançá-la.

– Nós *temos* de alcançá-la! – exclamou Holmes, por entre os dentes. – Mais carvão, foguista! Deem o máximo de pressão! Se colocarmos fogo no barco, os alcançaremos!

Estávamos agora em plena marcha. As fornalhas rugiam e as poderosas máquinas zuniam e tilintavam como um grande coração metálico. A proa aguda e metálica cortava a água parada do rio, lançando ondulações para a direita e para a esquerda. A cada vibração das máquinas, o barco saltava e estremecia como um ser vivo. Uma grande lanterna amarela na proa lançava um longo e trêmulo facho de luz a nossa frente. Logo adiante uma sombra escura sobre a água indicava onde estava a *Aurora*, e a esteira branca de espuma que ela deixava dava para avaliar a velocidade que desenvolvia. Passamos voando por barcaças, navios a vapor, navios mercantes, driblando-os por dentro e por fora. Vozes nos gritavam da escuridão, mas a *Aurora* continuava a toda marcha e nós ainda no seu encalço.

– Mais carvão, homens, mais carvão! – gritou Holmes, olhando para a sala de máquinas, com o rosto aquilino e preocupado iluminado pelo forte clarão que vinha de baixo. – Deem cada libra de pressão que conseguirem!

– Acho que nos aproximamos um pouco – disse Jones, com os olhos na *Aurora*.

– Não há dúvida – eu disse. – Devemos estar ao seu lado em poucos minutos.

Nesse momento, entretanto, como quis a nossa má sorte, um rebocador com três chatas interpôs-se entre nós. Somente com uma virada violenta do leme para baixo evitamos uma colisão, e antes que pudéssemos contorná-las e recuperar a nossa rota, a *Aurora* já tinha ganhado uns bons duzentos metros de dianteira. Ela continuava, porém, bem à vista, e o lusco-fusco incerto e obscuro dava lugar a uma noite clara e estrelada. Nossas caldeiras estavam sendo exigidas ao seu limite, e o frágil casco vibrava e estalava com a violenta energia que nos impulsionava. Tínhamos passado velozmente pela lagoa, pelas West India Docks, pelo longo Depford Reach, e subido novamente depois de contornar a Isle of Dogs. A mancha obscura à nossa frente tornou-se nítida o suficiente agora na elegante *Aurora*. Jones voltou o nosso holofote sobre ela, de maneira que podíamos ver distintamente as figuras no convés. Um homem ia sentado à popa, com um volume escuro entre os joelhos, sobre o qual se inclinava. Ao lado dele havia uma massa escura, que parecia um cão terra-nova. O garoto segurava a cana do leme, enquanto que contra o clarão vermelho da fornalha eu conseguia distinguir o velho Smith, sem camisa, jogando carvão furiosamente com uma pá. A princípio eles podiam ter dúvidas se estávamos realmente os perseguindo, mas agora que seguíamos cada guinada e curva que eles tomavam, não podia mais haver questão alguma a respeito. Em Greenwich, estávamos a cerca de cem braças atrás deles. Em Blackwall, não podíamos estar a mais do que oitenta. Eu já perseguira muitos animais em muitos países durante minha acidentada carreira, mas nunca o esporte me causara uma emoção tão extrema quanto essa doida caçada humana voando Tâmisa abaixo. Firmemente, metro a metro, nós nos aproximávamos deles. No silêncio da noite, nós conseguíamos ouvir o arfar e a trepidação de sua maquinaria. O homem na popa seguia acocorado no convés, movendo os braços como se estivesse ocupado com alguma coisa, enquanto que de quando em quando olhava para cima e media com o olhar a distância que ainda nos separava. Estávamos nos aproximando cada vez mais. Jones gritou para que parassem. Eles não estavam mais do que quatro barcos de distância à nossa frente, os dois barcos voando a uma velocidade tremenda. Era um trecho desimpedido do rio, com Barking Level de um lado e o melancólico pântano de Plumstead Marshes do outro. Ao nosso grito, o homem na popa ergueu-se bruscamente do convés e mostrou-nos os dois punhos fechados, praguejando, com uma voz aguda e rachada. Era um homem grande, forte, e, ao aprumar-se com as pernas abertas, pude ver que da coxa direita para baixo havia um coto de pau. Ao som dos seus gritos raivosos e estridentes, houve um movimento no vulto amontoado sobre o convés. Ele se levantou, e era um pequeno homem negro – o menor que já vi – com uma cabeça grande e deformada e um emaranhado de cabelos desgrenhados e entrelaçados. Holmes já havia sacado o seu revólver, e eu limpei o meu à vista daquela criatura selvagem e desfigurada. Estava enrolado em uma espécie de sobretudo escuro de lã grossa ou um cobertor, que deixava somente seu rosto exposto, mas aquele rosto era o suficiente para tirar o sono de um homem. Eu nunca tinha visto feições tão marcadamente bestiais e cruéis. Seus olhinhos brilhavam e ardiam com uma luz sombria, e seus lábios grossos se arreganhavam, mostrando os dentes, que rilhavam para nós com uma fúria quase animal.

– Atire se ele levantar a mão – disse Holmes calmamente.

Estávamos a um barco de distância dessa vez, e quase a tocar a nossa presa. Ainda agora os vejo parados, o homem branco com as pernas afastadas, gritando estridentes palavrões, e o anão diabólico com seu rosto medonho rilhando os fortes dentes amarelos à luz do nosso holofote.

Ainda bem que nós tínhamos uma visão tão clara dele. Enquanto o observávamos, ele tirou de baixo do cobertor um pedaço de madeira curto e redondo, como uma régua escolar, e levou-o aos lábios. Nossos revólveres ressoaram juntos. Ele rodopiou, jogou os braços para o alto e, com uma tosse sufocante, tombou de lado na corrente do rio. Vi de relance os seus olhos ameaçadores e venenosos entre o remoinho branco das águas. No mesmo instante, o homem da perna de pau jogou-se sobre o leme e girou-o violentamente para baixo, de maneira que o barco foi direto para a margem sul, enquanto nós passamos direto por sua popa, escapando de uma colisão por alguns centímetros. Rapidamente fizemos a volta, mas ele já estava quase na margem. Era um lugar inóspito e solitário, onde a lua brilhava sobre uma vasta área pantanosa, com poças de água estagnada e brejos com vegetação em decomposição. A lancha encalhou na margem lodosa com um baque surdo, ficando com a proa no ar e a popa inundada de água. O fugitivo saltou do barco, mas no mesmo instante o coto enterrou-se todo no solo lamacento. Em vão ele lutava e se contorcia. Nem um passo conseguia dar para frente ou para trás. Ele gritava impotente de raiva e chutava freneticamente a lama com o outro pé, mas sua luta só fazia enterrar mais ainda a perna de pau na margem lodosa. Quando trouxemos nossa lancha para perto, ele estava tão firmemente ancorado que só passando uma corda sob os seus braços que conseguimos arrancá-lo e içá-lo, como um peixe feroz, para o nosso convés. Os dois Smiths, pai e filho, ficaram sentados na lancha taciturnos, mas quando ordenados subiram a bordo docilmente. A *Aurora* foi arrastada e amarrada à nossa popa. Uma sólida arca de ferro trabalhada com motivos hindus achava-se sobre o convés. Era, sem dúvida alguma, a mesma que continha o tesouro amaldiçoado dos Sholtos. Não havia uma chave, mas ela tinha um considerável peso, de maneira que a transferimos cuidadosamente para a nossa pequena cabine. Ao navegarmos novamente em marcha lenta rio acima, lançamos a luz do nosso holofote em todas direções, mas não havia sinal do ilhéu. Em algum lugar no leito escuro do Tâmisa, jazem os ossos daquele estranho visitante às nossas paragens.

– Veja isso – disse Holmes, apontando para a escotilha de madeira. – Não fomos rápidos o suficiente com as nossas pistolas. – Realmente, logo atrás do lugar onde estávamos parados, achava-se cravado um daqueles dardos assassinos que conhecíamos tão bem. Ele deve ter zunido entre nós no instante em que atiramos. Holmes sorriu com aquilo e meneou os ombros do seu jeito despreocupado, mas confesso que senti náuseas ao pensar na morte horrível que havia passado tão perto de nós nessa noite.

Capítulo 11

O grande tesouro de Agra

Nosso prisioneiro sentou-se na cabine, do outro lado da caixa de ferro que tanto ele havia feito e esperado para obter. Ele era um sujeito queimado do sol e agitado, com uma rede de linhas e rugas por todas as suas feições morenas que contavam sobre uma vida dura ao ar livre. O queixo barbado singularmente proeminente indicava um homem que não se afastava facilmente dos seus propósitos. A sua idade devia ser em torno de cinquenta anos, pois o cabelo preto e crespo estava bastante entremeado com fios grisalhos. O rosto em repouso não era desagradável, mas as sobrancelhas pesadas e o queixo agressivo davam-lhe, como pude ver mais tarde, uma expressão terrível quando estava bravo. Ele se sentava agora com as mãos algemadas sobre os joelhos e a cabeça enterrada no peito, enquanto mirava com os olhos alertas e pestanejantes a caixa que tinha sido a causa dos seus delitos. Parecia-me que havia mais tristeza do que raiva no seu semblante rígido e contido. Em dado momento, mirou-me com um brilho um tanto divertido nos olhos.

– Bom, Jonathan Small – disse Holmes, acendendo um charuto –, sinto que tenhamos chegado a esse ponto.

– Eu também, cavalheiro – respondeu francamente. – Não acredito que serei enforcado por isso. Juro-lhe sobre a Bíblia que nunca levantei a mão contra o sr. Sholto. Foi aquele pequeno cão do inferno, Tonga, que atirou um dos seus malditos dardos nele. Não tive participação nenhuma, cavalheiro. Fiquei tão aflito como se fosse um parente meu. Por conta disso, chicoteei o diabinho com a ponta solta da corda, mas já estava feito e eu não podia desfazê-lo.

— Tome um charuto — disse Holmes — e aceite um gole do meu cantil, porque você está muito molhado. Como você esperaria que um homem tão pequeno e fraco como esse sujeito negro pudesse dominar o sr. Sholto enquanto você escalava a corda?

— O senhor parece saber de tudo como se estivesse lá. A verdade é que eu esperava encontrar o quarto vazio. Eu conhecia os hábitos da casa bastante bem, e aquela era a hora em que o sr. Sholto normalmente descia para o jantar. Não farei segredo sobre o que aconteceu. A melhor defesa que eu posso fazer é a simples verdade. Agora, se tivesse sido o velho major, eu teria dado cabo dele com o coração leve. Não pensaria duas vezes em meter-lhe uma faca como estou fumando esse charuto. Mas é muito duro ser preso por causa desse jovem Sholto, com quem não tinha problema algum.

— Você está sob os cuidados do sr. Athelney Jones, da Scotland Yard. Ele irá levá-lo aos meus aposentos, e eu lhe pedirei um relato verdadeiro sobre o assunto. Você deve fazer uma confissão minuciosa, pois assim espero poder lhe ajudar. Acho que posso provar que o veneno age tão rapidamente que o homem estava morto antes de você ter chegado ao quarto.

— Isso ele estava, cavalheiro. Nunca tomei um susto tão grande em minha vida como quando o vi rindo daquele jeito para mim, com a cabeça caída sobre o ombro, no momento em que eu entrava pela janela. Realmente me abalou, cavalheiro. Eu teria quase matado o Tonga se ele não tivesse escapado. Foi assim que ele deixou o porrete e alguns dos seus dardos também, segundo ele me diz, o que eu me atrevo a dizer ajudou-o a encontrar o nosso rasto, embora como o senhor consegui-lo é mais do que eu posso dizer. Não lhe quero mal por isso. Mas não deixa de ser engraçado – acrescentou ele, com um sorriso amargo – que eu, com todo o direito a meio milhão de libras, tenha passado a primeira metade da minha vida construindo um quebra-mar nas Andamã, e agora, provavelmente, vá passar a outra metade cavando esgotos em Dartmoor. Maldito dia em que botei os olhos pela primeira vez no mercador Achmet e me envolvi com o tesouro de Agra, que nunca trouxe nada senão desgraça para o homem que o possuiu. Para ele, trouxe a morte; para o major Sholto, medo e culpa; e para mim significou escravidão por toda a vida.

Nesse momento, Athelney Jones enfiou o rosto grande e ombros largos para dentro da pequena cabine.

– Mas que bela festa em família – observou ele. – Acho que preciso de um gole desse cantil, Holmes. Bom, creio que todos podem congratular-se. Pena que não pegamos o outro vivo, mas não houve escolha. Escute, Holmes, você tem de confessar que teve bastante sorte. Nossa lancha por pouco não a alcançou.

– Tudo está bem quando termina bem – disse Holmes. – Mas certamente eu não sabia que a *Aurora* era um barco tão rápido.

– Smith diz que ela é uma das lanchas mais velozes do rio, e que se ele tivesse outro homem com ele nas máquinas, nós nunca a teríamos alcançado. Ele jura que não sabe nada desse assunto de Norwood.

– E não sabe mesmo – exclamou nosso prisioneiro –, nem uma palavra. Escolhi a sua lancha porque ouvi dizer que ela voava baixo. Não lhe contamos nada, mas o pagamos bem, e ele receberia uma bela quantia se alcançássemos o nosso navio, o *Esmeralda*, em Gravesend, com destino ao Brasil.

– Bom, se ele não fez nada de errado, veremos que nada de errado aconteça com ele. Se nós somos bastante rápidos em capturar os nossos homens, não somos tão rápidos em condená-los.

Era divertido observar como o pretensioso Jones já começava a dar-se ares de superioridade diante da captura feita. Vendo o ligeiro sorriso estampado no rosto de Sherlock Holmes, deu para perceber que o discurso não passara desapercebido para ele.

– Nós chegaremos à ponte Vauxhall dentro em pouco – disse Jones – e vamos desembarcar o senhor, dr. Watson, com a caixa do tesouro. Nem preciso dizer-lhe que estou assumindo uma grande responsabilidade ao fazer isso. É algo totalmente irregular, mas é claro que um acordo é um acordo. Eu devo, no entanto, como é meu dever, mandar um inspetor acompanhá-lo, visto que o senhor leva uma carga tão valiosa. O senhor irá com uma condução, sem dúvida?

– Sim, tomarei um cupê.

– É uma pena que não há uma chave, para que pudéssemos fazer um inventário primeiro. O senhor terá de arrombá-la. Onde está a chave, homem?

– No fundo do rio – disse Small, seco.

– Hum! Não havia a necessidade de nos causar mais esse problema. Já passamos trabalho demais com você. De qualquer maneira, doutor, não preciso lhe dizer para tomar cuidado. Traga a caixa consigo quando voltar aos seus aposentos em Baker Street. O senhor irá nos encontrar lá a caminho do posto policial.

Eles me deixaram em Vauxhall, com minha pesada caixa de ferro, e com um inspetor expansivo e cordial como companhia. Quinze minutos de deslocamento e estávamos na casa da sra. Cecil Forrester. A criada parecia surpresa com um visitante tão tardio. A sra. Cecil Forrester tinha saído, explicou ela, e só voltaria bem mais tarde. A srta. Morstan, entretanto, estava na sala de estar. Então, para a sala de estar eu fui, caixa na mão, deixando o gentil inspetor no cupê.

Ela estava sentada junto à janela aberta, vestida com um tipo de tecido branco e translúcido, com um toque de escarlate no pescoço e na cintura. A luz suave de um abajur caía sobre ela, no momento em que se inclinava na cadeira de balanço, brincando com seu rosto grave e doce e emprestando um tom lânguido e metálico aos fartos cachos do seu viçoso cabelo. Um braço e uma mão brancos caíam ao lado da cadeira, e toda a sua postura e fisionomia falavam de uma absorvente melancolia. Ao som dos meus passos, porém, ela saltou e ficou de pé, e um leve rubor de surpresa e prazer coloriu-lhe as faces pálidas.

– Eu ouvi o cupê chegando – disse ela. – Achei que a sra. Forrester tinha chegado muito cedo, mas nunca sonhei que pudesse ser você. Que notícias me traz?

– Eu lhe trouxe algo melhor do que notícias – eu disse, colocando a caixa sobre a mesa e falando jovialmente e impetuosamente, embora o coração me pesasse no peito. – Eu lhe trouxe algo que vale muito mais do que todas as notícias no mundo. Eu lhe trouxe uma fortuna.

Ela lançou um olhar para a caixa.

– Este é o tesouro, então? – perguntou-me com certa frieza.

– Sim, esse é o grande tesouro de Agra. Metade é sua e metade é de Thaddeus Sholto. Cada um receberá umas duzentas mil libras. Pense nisso! Uma renda anual de dez mil libras. Haverá poucas damas mais ricas na Inglaterra. Não é fantástico?

Creio que estava exagerando em minha satisfação e que ela detectou uma certa falsidade nas minhas congratulações, pois ergueu um pouco as sobrancelhas e olhou-me curiosamente.

— Se o tenho — ela disse —, devo-o ao senhor.

— Não, não — respondi —, não a mim, mas ao meu amigo Sherlock Holmes. Nem que eu tivesse a maior vontade do mundo, eu nunca conseguiria seguir uma pista que desafiou até a sua genialidade analítica. Assim mesmo, nós quase o perdemos no último instante.

— Por favor, sente-se e conte-me tudo, dr. Watson — ela disse.

Narrei brevemente o que havia ocorrido desde que a vira da última vez. O novo método de pesquisa de Holmes, a descoberta da *Aurora*, o aparecimento de Athelney Jones, nossa expedição noturna e a perseguição pelo Tâmisa. Ela ouviu o relato das nossas aventuras com a boca entreaberta e um brilho no olhar. Quando falei do dardo, que por tão pouco não nos atingira, ela ficou tão pálida que temi que fosse desmaiar.

— Não é nada — disse ela, quando me apressei para servir-lhe um pouco d'água. — Já estou bem de novo. Foi um choque saber que fiz meus amigos passarem por um perigo tão grande.

— Isso tudo terminou — respondi. — Não foi nada. Não vou contar-lhe mais pormenores sinistros. Vamos falar de coisas mais alegres. Aqui está o tesouro. O que poderia ser mais alegre? Eu consegui uma permissão para trazê-lo comigo, achando que a senhorita teria interesse em ser a primeira a abri-lo.

— Eu terei o maior prazer em fazê-lo — disse ela. Não havia, entretanto, ansiedade na sua voz. Sem dúvida, lhe ocorrera que poderia parecer uma indelicadeza de sua parte mostrar-se indiferente a um prêmio que nos custara tanto para ganhar. – Que bela arca! – disse ela inclinando-se sobre a caixa. – É um trabalho hindu, não é?

– Sim, é um trabalho em metal de Benares.

– E tão pesada! – exclamou ela, tentando erguê-la. – Só a caixa já deve ser valiosa. Onde está a chave?

– Small jogou-a no Tâmisa – respondi. – Preciso do atiçador da sra. Forrester emprestado.

Na frente da caixa havia um cadeado grande e pesado, trabalhado na forma da imagem de um Buda sentado. Abaixo dele enfiei a ponta do atiçador e torci-o para fora como uma alavanca. O cadeado abriu-se com um forte estalo. Com os dedos trêmulos, levantei a tampa. Ambos ficamos a olhar atônitos. A caixa estava vazia!

Não admirava que fosse tão pesada. O trabalho em ferro que a cobria tinha quase dois centímetros de espessura. Ela era maciça, sólida e bem-construída, como uma arca construída para levar coisas de grande valor, mas dentro dela não havia sequer um traço ou migalha de um metal ou joias. Estava absoluta e completamente vazia.

– O tesouro está perdido – disse a srta. Morstan calmamente.

Enquanto ouvia essas palavras e dava-me conta do que elas significavam, uma grande sombra parecia deixar minha alma. Eu não avaliava o quanto esse tesouro de Agra me pesava, até o momento em que ele foi finalmente removido. Era um sentimento egoísta, sem dúvida, desleal e errado, mas não conseguia pensar em mais nada a não ser que a barreira de ouro não existia mais entre nós.

– Graças a Deus! – exclamei do fundo do coração.

Ela se voltou para mim com um rápido sorriso questionador.

– Por que diz isso? – perguntou ela.

– Porque você está novamente ao meu alcance – eu disse, tomando a sua mão. Ela não a retirou. – Porque eu a amo, Mary, tanto quanto um homem já amou uma mulher. Porque este tesouro, esta riqueza, selou meus lábios. Agora que ele se foi, eu posso lhe dizer o quanto a amo. Por isso que eu disse "Graças a Deus!".

– Então eu também digo "Graças a Deus" – sussurrou ela, quando a puxei para junto de mim.

Seja quem for que tenha perdido um tesouro, eu sabia naquela noite que tinha ganhado um.

Capítulo 12

A estranha história de Jonathan Small

O inspetor que me esperava no cupê era um homem muito paciente, pois tinha sido uma espera enfadonha até eu voltar à sua companhia. Seu rosto anuviou-se quando mostrei a caixa vazia.

– Lá se vai a recompensa! – disse ele melancolicamente. – Onde não há dinheiro, não há pagamento. O trabalho desta noite valia uma nota de dez para mim e outra para Sam Brown, se o tesouro estivesse aqui.

– O sr. Thaddeus Sholto é um homem rico – eu disse. – Ele fará com que vocês sejam gratificados, com tesouro ou não.

Mas o inspetor sacudiu a cabeça, desanimado.

– Isso não é nada bom – repetiu ele. – E essa é a opinião do sr. Athelney Jones.

A sua previsão provou-se correta, pois o detetive pareceu desconcertado quando cheguei a Baker Street e mostrei-lhe a caixa vazia. Eles recém haviam chegado – Holmes, o prisioneiro e ele, pois haviam alterado os planos e passado no caminho no posto policial. Meu companheiro recostava-se na sua poltrona com a expressão indiferente que lhe era habitual, enquanto Small sentava impassível diante de si com sua perna de pau cruzada sobre a sã. Quando mostrei a caixa vazia, ele jogou-se para trás na cadeira e deu uma risada alta.

– Isso é obra sua, Small – disse Athelney Jones, irado.

– Sim, guardei-o onde o senhor nunca porá as mãos – exclamou exultante. – O tesouro é meu e, se não posso ficar com ele, vou tomar todo o cuidado do mundo para que ninguém mais fique. Eu lhe digo que nenhum homem vivo tem qualquer direito sobre ele, a não ser três homens que estão no presídio de Andamã e eu. Sei agora que não posso dispor dele e sei que eles também não podem. Tudo que fiz foi tanto por mim quanto por eles. O signo dos quatro sempre esteve conosco. Bom, eu sei que eles esperariam de mim exatamente o que fiz, que foi jogar o tesouro no Tâmisa em vez de deixá-lo parar nas mãos dos parentes e amigos de Sholto ou Morstan. Não foi para torná-los ricos que logramos Achmet. O senhor vai encontrar o tesouro onde está a chave, e onde está o pequeno Tonga. Quando vi que a sua lancha iria alcançar-nos, guardei o saque em um lugar seguro. Não há rúpias para o senhor nessa jornada.

– Você está tentando nos enganar, Small – disse Athelney Jones gravemente. – Se quisesse jogar o tesouro no Tâmisa, teria sido mais fácil jogá-lo com caixa e tudo.

– Mais fácil para eu jogar e mais fácil para vocês recuperarem – respondeu ele com um olhar astuto de esguelha. – O homem que foi esperto o suficiente para derrubar-me é esperto o suficiente para buscar uma caixa de ferro no fundo de um rio. Agora que ele está espalhado por umas cinco ou seis milhas, pode ser um trabalho mais duro. Mas doeu-me o coração fazê-lo. Fiquei quase louco quando vocês me alcançaram. Seja como for, não vale a pena lamentar o que passou. Já tive altos e baixos na minha vida, mas aprendi a não chorar sobre o leite derramado.

– Isso é um assunto muito sério, Small – disse o detetive. – Se você tivesse ajudado a polícia, em vez de frustrá-la desse jeito, teria uma chance melhor no seu julgamento.

— Justiça! — rosnou o ex-presidiário. — Que bela justiça! De quem é esse tesouro, se não é nosso? Onde está a justiça quando eu devo cedê-lo para aqueles que nunca fizeram nada para merecê-lo? Olhe o que passei para merecê-lo! Vinte longos anos em um pântano cheio de febres, trabalhando o dia inteiro sob as mangueiras, passando as noites acorrentado em choças imundas, sendo mordido por mosquitos, atormentado por calafrios, maltratado pelos guardas negros que adoravam vingar-se de um homem branco. Foi assim que eu consegui o tesouro de Agra, e o senhor me fala em justiça porque não posso suportar, depois de ter pagado um preço tão alto, que outro vá desfrutar dele! Prefiro ser enforcado várias vezes ou levar um dos dardos de Tonga no couro do que viver na cela de um prisioneiro e saber que outro homem relaxa em um palácio com o dinheiro que deveria ser meu.

Small tinha deixado cair a máscara de estoicismo, e tudo isso lhe saíra em um turbilhão de palavras, enquanto os olhos fuzilavam e as algemas tilintavam com os movimentos alterados das suas mãos. Compreendi, quando vi a fúria e a paixão do homem, que não fora infundado ou estranho o terror do major Sholto ao saber que o prisioneiro ludibriado estava no seu encalço.

— Você se esquece de que nós não sabemos nada sobre tudo isso – disse Holmes calmamente. – Nós não ouvimos a sua história, e não podemos dizer até que ponto a justiça possa ter estado originalmente ao seu lado.

— Bom, o senhor tem sido justo em suas palavras comigo, apesar de que é ao senhor que eu devo agradecer por esses braceletes nos meus pulsos. Ainda assim, eu não guardo rancor por isso. O que passou, passou. Se o senhor quer ouvir a minha história, não tenho por que escondê-la. O que eu lhe digo é a verdade de Deus, palavra por palavra. Obrigado, pode colocar o copo aqui ao meu lado, vou bebê-lo se ficar com a garganta seca.

"Sou um homem de Worcestershire, nascido perto de Pershore. Aposto que se procurar, o senhor encontrará um bando de Smalls vivendo por lá. Muitas vezes pensei em visitá-los, mas a verdade é que nunca fui um grande orgulho para a família e duvido que eles ficassem muito felizes em me ver. Todos eles eram gente séria, pequenos agricultores que frequentavam a igreja, conhecidos e respeitados nas redondezas, enquanto eu sempre fui um tipo que aprontava. Por fim, quando eu tinha uns dezoito anos, não lhes dei mais trabalho, pois tive uns problemas com uma garota e só pude safar-me de novo alistando-me no 3º Regimento de Infantaria de East Kent, que estava de saída para a Índia.

"Mas o meu destino não era ficar muito tempo na vida de soldado. Eu recém tinha aprendido o passo do ganso e a manejar o mosquete, quando fui idiota o suficiente para ir nadar no Ganges. Para minha sorte, o sargento da minha companhia, John Holder, estava na água ao mesmo tempo, e ele era um dos melhores nadadores no serviço. Um crocodilo atacou-me bem quando eu estava na metade do rio e arrancou minha perna direita logo acima do joelho com a precisão de um cirurgião. Com o choque e a perda de sangue, eu desmaiei e teria me afogado se Holder não tivesse me salvado e nadado até a margem comigo. Passei cinco meses no hospital e, quando finalmente pude sair mancando com esse pedaço de pau amarrado no coto da coxa, vi-me inválido para o exército e para qualquer ocupação ativa.

"Como podem imaginar, a sorte não me ajudava nessa época, pois eu era um aleijado inútil, apesar de não ter feito ainda vinte anos. No entanto, minha desventura logo se provou ser uma bênção disfarçada. Um homem chamado Abel White, que fora para lá como um plantador de índigo, queria um feitor para cuidar dos seus cules e fazê-los trabalhar. Por acaso ele era amigo do nosso coronel, que tinha se interessado por mim desde o acidente. Para encurtar uma longa história, o coronel recomendou-me fortemente para o posto, e, como o trabalho tinha de ser feito na maior parte a cavalo, minha perna não era um grande obstáculo, pois tinha joelho suficiente sobrando para manter-me firme na sela. O que eu tinha para fazer era ir a cavalo até a plantação, manter um olho nos homens enquanto trabalhavam e apontar os que não trabalhavam. O pagamento era justo, eu tinha alojamentos confortáveis e no todo estava contente em passar o resto da minha vida na plantação de índigo. O sr. Abel White era um homem bom e muitas vezes aparecia na minha casinha e fumávamos um cachimbo, pois os brancos lá se sentem mais próximos uns dos outros, de uma forma que nunca se sentiram aqui.

"Bom, mas a sorte nunca me durou muito. De repente, sem aviso algum, o grande motim* estourou sobre nós. Em um mês, a Índia parecia tão pacífica e tranquila como Kent ou Surrey, e no mês seguinte duzentos mil diabos negros estavam à solta, e o país era um inferno perfeito. Naturalmente os senhores sabem tudo a respeito... bem mais do que eu sei, provavelmente, visto que a leitura não é o meu forte. Eu só sei o que vi com os meus próprios olhos. A nossa plantação estava em um lugar chamado Muttra, perto da fronteira das províncias do noroeste. Noite após noite o céu incan-

---

* O Motim Hindu (1857–1859): revolta dos sipaios – soldados hindus a serviço do império – debelada pelo exército britânico em 1859. (N.T.)

descia com o incêndio dos bangalôs, e dia após dia nós tínhamos pequenos grupos de europeus passando pela nossa propriedade com suas esposas e crianças, a caminho de Agra, onde estavam as nossas tropas mais próximas. O sr. Abel White era um homem obstinado. Ele tinha na cabeça que o assunto havia sido exagerado, e que ele acabaria tão de repente como tinha começado. Ficava sentado na varanda, bebendo uísque com soda e fumando charutos, enquanto ao redor dele todo o país estava em chamas. É claro que ficamos com ele, eu e Dawson, que, com sua esposa, fazia a contabilidade e a administração. Bom, um belo dia a coisa estourou. Eu tinha ido a uma plantação distante e voltava de tarde a um trote lento para casa, quando notei uma coisa amontoada no fundo de uma ravina íngreme. Desci a cavalo para ver o que era, e o sangue me gelou no coração quando me dei conta de que era a esposa de Dawson, toda cortada em tiras e meio comida pelos cães nativos e chacais. Um pouco acima na estrada, estava o próprio Dawson de bruços, morto, com o revólver vazio na mão e quatro sipaios tombados um sobre o outro na sua frente. Puxei as rédeas do cavalo, pensando para onde ir, mas nesse instante vi um rolo de fumaça grossa vindo do bangalô de Abel White, e as chamas começando a irromper através do telhado. Compreendi naquele momento que não podia mais ajudar meu patrão, e que apenas desperdiçaria minha vida se me metesse naquilo. De onde eu estava conseguia ver as centenas de demônios negros, ainda com seus capotes vermelhos, dançando e uivando em torno da casa em chamas. Alguns deles apontaram para mim, e um par de balas passou assoviando acima da minha cabeça, então larguei a galope pelos arrozais e, à noite, encontrei-me seguro por trás dos muros de Agra.

"Como se viu depois, entretanto, não havia grande segurança lá também. Todo o país estava como um enxame de abelhas. Onde quer que os ingleses conseguissem reunir-se em pequenos bandos, mantinham somente o terreno que suas armas comandavam. Em todos os outros lugares, eles eram fugitivos desamparados. Era uma luta de milhões contra centenas, e a parte mais cruel disso era que esses homens contra os quais lutávamos, infantes, cavaleiros e artilheiros, eram as nossas próprias tropas escolhidas, que havíamos ensinado e treinado, manejando as nossas próprias armas e dando os nossos próprios toques de clarim. Em Agra havia o 3º Regimento de Fuzileiros de Bengala, alguns Sikhs, duas tropas de cavalaria e uma bateria de artilharia. Um corpo de voluntários de caixeiros e comerciantes havia sido formado, e nele me alistei, de perna de pau e tudo. Saímos para fazer frente aos rebeldes em Shahgunge no início de julho e os repelimos por algum tempo, mas a nossa pólvora acabou e tivemos de recuar para a cidade.

"Só nos chegavam as piores notícias de todos os lados... o que não é de se admirar, pois, se olharem o mapa, verão que estávamos no coração do país. Lucknow está a umas boas cem milhas para o leste, e Cawpore mais ou menos a mesma distância para o sul. Em todos os pontos cardeais, só havia tortura, assassinato e violência.

A cidade de Agra é um grande lugar, apinhada de fanáticos e ferozes adoradores do diabo de todos os tipos. Nosso punhado de homens via-se perdido nas ruas estreitas e tortuosas. Nosso líder atravessou o rio, por conseguinte, e assumiu a sua posição no velho forte de Agra. Não sei se alguns dos senhores já leu ou ouviu alguma coisa a respeito daquele velho forte. É um lugar muito estranho... o mais escuro em que eu já estive, e olhem que tenho andado por lugares bem esquisitos. Em primeiro lugar, ele é enorme em tamanho. A sua área deve ser de hectares e mais hectares. Há uma parte moderna, onde deu para alojar toda a nossa guarnição, mulheres, crianças, víveres e tudo mais, com lugar de sobra. Mas a parte moderna não é nada em comparação ao tamanho da velha, onde ninguém vai, e que fica entregue aos escorpiões e centopeias. É toda cheia de salas enormes e desertas, passagens tortuosas e longos corredores que fazem voltas e mais voltas, de maneira que é muito fácil para as pessoas se perderem nela. Por essa razão era raro que alguém entrasse lá, embora de vez em quando um grupo com archotes saísse a explorá-la.

"O rio banha a frente do velho forte e assim o protege, mas dos lados e atrás existem muitas portas, e essas naturalmente tinham de ser guardadas, tanto quanto as da parte nova onde estavam as nossas tropas. Nós sofríamos com a escassez de tropas, e mal tínhamos homens suficientes para cobrir os ângulos da construção e manobrar os canhões. Era impossível para nós, portanto, colocar uma forte guarda em cada um dos inumeráveis portões. O que nós fizemos foi organizar uma casa da guarda central no meio do forte, e deixar cada portão ao encargo de um homem branco e dois ou três nativos. Fui encarregado de cuidar durante determinadas horas da noite de uma pequena porta isolada do lado sudoeste da construção. Dois soldados Sikhs foram colocados sob o meu comando, e fui instruído a atirar com o meu mosquete se alguma coisa desse errado, quando eu poderia contar com a ajuda vinda da guarda central. Mas como ela ficava distante uns bons duzentos metros, e como o espaço entre nós era cortado por um labirinto de passagens e corredores, eu tinha muitas dúvidas se eles poderiam chegar a tempo para ajudar-nos no caso de um ataque real.

"Bom, eu estava bastante orgulhoso por terem me dado esse pequeno comando, uma vez que eu era um recruta novo e aleijado. Por duas noites mantive a guarda com os meus punjabis. Eles eram sujeitos altos e mal-encarados, chamados Mahomet Singh e Abdullah Kahn, ambos velhos guerreiros, que tinham pegado em armas contra nós em Chilian Wallah. Falavam inglês muito bem, mas eu conseguia tirar pouco deles. Preferiam ficar juntos e passar a noite tagarelando no seu estranho dialeto Sikh. Quanto a mim, costumava ficar do lado de fora da porta, olhando para o rio largo e sinuoso e as luzes bruxuleantes da grande cidade. A batida dos tambores, o matraquear dos tantãs e os gritos e guinchos dos rebeldes, bêbados de ópio e haxixe, eram o suficiente para lembrar-nos durante toda a noite dos nossos perigosos vizinhos do outro lado do rio. A cada duas horas, o oficial da noite fazia a ronda por todos os postos, para ter certeza de que tudo estava bem.

"A terceira noite da minha guarda estava escura e fria, com uma chuva fina e penetrante. Era um trabalho cansativo ficar parado do lado de fora da porta, hora após hora, com um tempo tão ruim. Tentei várias vezes entabular uma conversa com os meus Sikhs, mas sem muito sucesso. Às duas da manhã, as rondas passaram e quebraram um pouco a monotonia da noite. Vendo que os meus companheiros não queriam conversa, tirei o meu cachimbo e soltei o mosquete para riscar um fósforo. Em um instante, os dois Sikhs estavam sobre mim. Um deles arrancou meu mosquete e apontou-o para a minha cabeça, enquanto o outro segurava um facão no meu pescoço e jurava por entre os dentes que iria enterrá-lo em mim se eu desse um passo.

"Meu primeiro pensamento foi que esses sujeitos estavam junto com os rebeldes, e que esse era o início de um assalto. Se a nossa porta caísse nas mãos dos sipaios, o lugar seria dominado, e as mulheres e crianças seriam tratadas como o foram em Cawnpore. Talvez os senhores achem que eu esteja apenas tentando impressioná-los a meu favor, mas juro que quando pensei isso, apesar de sentir a ponta da faca na minha garganta, abri a boca com a intenção de dar um grito, mesmo que fosse o último, que poderia avisar a guarda principal. O homem que me segurava parecia adivinhar os meus pensamentos, pois quando me animei a fazê-lo, ele cochichou: 'Não faça barulho. O forte está bem seguro. Não há cães rebeldes desse lado do rio'. Havia uma ponta de verdade no que ele dizia, e eu sabia que se levantasse a voz era um homem morto. Dava para ler isso nos olhos escuros do sujeito. Esperei em silêncio, então, para ver o que eles queriam de mim.

'– Escute, *sahib*' – disse o mais alto e duro dos dois, o que chamavam de Abdullah Khan. '– Você tem de ficar conosco, ou ser calado para sempre. A coisa é muito grande para hesitarmos. Ou você está de corpo e alma conosco, jurando sobre a cruz dos cristãos, ou o seu corpo será jogado no fosso esta noite e nós passaremos para o lado dos nossos irmãos no exército rebelde. Não há meio-termo. O que vai ser... vida ou morte? Nós só podemos lhe dar três minutos para decidir, pois o tempo está passando, e tudo tem de ser feito antes das rondas passarem de novo.'

'– Como eu posso decidir?' – eu disse. '– Você não me disse o que quer de mim. Mas eu lhe digo agora que se for alguma coisa contra a segurança do forte, não esperem nada de mim; por isso é melhor enfiar essa faca de uma vez.'

'– Não é nada contra o forte' – ele disse. '– Nós só lhe pedimos que faça o que os seus compatriotas vieram fazer nessa terra. Nós queremos que você fique rico. Se você ficar conosco esta noite, juramos pela kirpan e pelo seu simbolismo triplo*– juramento este que nenhum Sikh jamais quebrou – que você terá sua parte justa do saque. Um quarto do tesouro será seu. Não podemos ser mais justos.'

'– Mas que tesouro é esse, então?' – perguntei. 'Estou tão pronto para ser rico quanto vocês, se ao menos me mostrarem como isso pode ser feito'.

'– Você vai jurar, então' – ele disse – 'pelos ossos do seu pai, pela honra da sua mãe, pela cruz da sua fé, não levantar a mão nem falar uma palavra contra nós, agora ou depois?'

'– Eu juro – desde que o forte não seja colocado em perigo'.

'– Então, meu camarada e eu vamos jurar que você terá um quarto do tesouro, que deverá ser igualmente dividido entre nós quatro.'

'– Mas somos três' – eu disse.

'– Não. Dost Akbar tem de receber a sua parte. Podemos contar-lhe a história enquanto o aguardamos. Você fica no portão, Mahomet Singh, e nos avise da sua chegada. A coisa é a seguinte, *sahib*, eu vou lhe contar, porque sei que um juramento é sagrado para um *feringhee***, e que nós podemos confiar em você. Se você fosse um hindu mentiroso, embora tivesse jurado por todos os deuses em seus templos falsos, o seu sangue já estaria na faca e o seu corpo, na água. Mas o Sikh

---

* Kirpan é uma adaga tradicional de uso obrigatório na vestimenta dos Sikhs e que simboliza a coragem, autoconfiança e prontidão em defender os fracos e oprimidos. (N.T.)

** Europeu, em hindustani. (N.T.)

conhece o inglês, e o inglês conhece o Sikh. Escute, pois, o que tenho a dizer.

'Há um rajá nas províncias do Norte que tem muita riqueza, apesar de suas terras serem pequenas. Ele herdou muito por parte do pai e juntou mais ainda por si, pois é de natureza mesquinha e guarda o ouro em vez de gastá-lo. Quando os problemas começaram, ele quis ficar bem com o leão e com o tigre... com os sipaios e os britânicos. Mas pouco depois pareceu-lhe que o fim do homem branco havia chegado, pois por todos os lados ele não ouvia nada além de notícias sobre a sua morte e derrubada. No entanto, sendo um homem cuidadoso, fez planos para o que desse e viesse, de maneira que pelo menos metade do tesouro sobraria para ele. O que era ouro e prata ele manteve consigo nos cofres do palácio, mas as pedras mais preciosas e as pérolas mais raras colocou em uma caixa de ferro e confiou-a a um criado fiel que, sob o disfarce de um mercador, deveria levá-la para o forte de Agra, para lá ficar até a paz voltar ao país. Assim, se os rebeldes vencessem, ele teria o seu dinheiro, mas se os britânicos os debelassem, suas joias estariam salvas para ele. Tendo assim dividido a sua fortuna, bandeou-se para a causa dos sipaios, já que eles eram mais fortes na sua região. Ao fazer isso, veja bem, *sahib*, a sua propriedade passou a pertencer aos que foram fiéis à sua bandeira.

'Esse falso mercador, que viaja com o nome de Achmet, está agora na cidade de Agra e deseja chegar ao forte. Ele tem como companheiro de viagem meu irmão de criação Dost Akbar, que conhece o seu segredo. Dost Akbar prometeu conduzi-lo essa noite a uma porta lateral do forte e escolheu essa para o seu propósito. Ele chegará dentro em pouco e aqui encontrará Mahomet Singh e eu à sua espera. O lugar é solitário, e ninguém saberá da sua chegada. O mundo não saberá mais nada do mercador Achmet, mas o grande tesouro do rajá será dividido entre nós. O que você diz disso, *sahib*?"

"Em Worcestershire a vida de um homem parece uma coisa sagrada e importante, mas é muito diferente quando há fogo e sangue à sua volta, e você se acostuma a ver a morte a cada instante. Se o mercador Achmet continuasse vivo ou morresse, não tinha a menor importância para mim, mas a história do tesouro eu senti bater no coração e pensei no que eu poderia fazer no meu velho país com ele e em como o meu povo me olharia quando visse o seu pateta voltando com os bolsos cheios de dobrões de ouro. Então, eu já tinha tomado a decisão. Abdullah Kahn, no entanto, pensando que eu hesitava, insistiu mais no assunto.

'– Considere, *sahib*' – ele disse – 'que se o homem for pego pelo comandante, ele será enforcado ou lhe darão um tiro, e as joias serão tomadas pelo governo, de sorte que ninguém verá uma rúpia delas. Agora, se nós vamos pegá-lo, por que não fazemos o resto também? As joias estarão tão bem conosco quanto nos cofres da coroa. Haverá o suficiente para tornar cada um de nós homens ricos e importantes. Ninguém ficará sabendo de nada, pois aqui nós estamos longe de todos. O que poderia ser melhor para o nosso propósito? Diga então, *sahib*, se você está conosco, ou se devemos vê-lo como um inimigo.'

'– Estou de corpo e alma com vocês' – eu disse.

'– Muito bem' – respondeu ele, devolvendo-me o meu mosquete. '– Veja que confiamos em você, pois a sua palavra, assim como a nossa, não será quebrada. Nós só temos de esperar pelo meu irmão e o mercador.'

'– O seu irmão sabe, então, o que você vai fazer?' – perguntei.

'– O plano é dele. Foi ele que o tramou. Vamos para o portão montar guarda com Mahomet Singh.'

"A chuva continuava a cair insistente, pois recém havia iniciado a estação chuvosa. Nuvens pesadas e escuras encobriam o céu, e era difícil ver além do alcance de uma pedra arremessada. Um fosso profundo ficava em frente à nossa porta, mas a água já tinha quase secado em alguns lugares, permitindo uma fácil passagem. Era estranho estar parado ali com aqueles dois ferozes punjabis esperando por um homem que vinha de encontro à morte.

"De repente, divisei o clarão de um lampião velado do outro lado do fosso. Ele sumiu atrás de uns montes de terra e depois reapareceu vindo lentamente em nossa direção.

'– Aí vêm eles!' – exclamei.

'– Interpele-os como sempre, *sahib*' – cochichou Abdullah. '– Não lhe dê motivo para se assustar. Mande-nos entrar com ele e faremos o resto enquanto você fica aqui de guarda. Esteja pronto para descobrir o lampião, para termos certeza de que é realmente o nosso homem'.

"A luz continuava bruxuleando em frente, ora parando, ora avançando, até que eu pude ver duas figuras escuras do outro lado do fosso. Deixei-os descer com dificuldade o declive, patinar pelo lamaçal e escalar até meio caminho do portão, antes de interpelá-los.

'– Quem vem lá?' – perguntei com a voz abafada.

'– Amigos' – veio a resposta. Descobri o lampião e iluminei-os em cheio. O primeiro era um enorme Sikh, com uma barba negra que quase chegava ao cinturão. A não ser em um número circense, nunca vi um homem tão alto. O outro era um sujeito baixo e gorducho, com um grande turbante amarelo e um volume na mão, envolto em um xale. Ele parecia muito assustado, as mãos tremiam como se estivesse com calafrios de febre, e voltava a cabeça para a esquerda e para a direita com dois olhinhos vivos e piscando, como um camundongo que se aventura para fora do buraco. Arrepiei-me ao pensar em matá-lo, mas pensei no tesouro e senti o coração duro como uma pedra. Quando ele viu meu rosto branco, soltou um guincho de alegria e veio correndo em minha direção.

'– A sua proteção, *sahib*' – arfou ele –, 'a sua proteção para o infeliz mercador Achmet. Atravessei toda a região de Rajput para buscar o abrigo do forte de Agra. Fui roubado, espancado e insultado porque sou amigo do império. Esta é uma noite abençoada em que estou mais uma vez em segurança... eu e minhas pobres posses.'

'– O que você tem aí?' – perguntei-lhe.

'– Uma caixa de ferro' – respondeu ele – 'que contém uma ou duas coisas de família que não têm valor para os outros, mas que eu sentiria muito se perdesse. Porém não sou um mendigo e vou recompensá-lo, jovem *sahib*, e o seu governo também, se ele me der o abrigo que estou pedindo.'

"Eu estaria perdido se continuasse a falar com o homem. Quanto mais olhava para o seu rosto gordo e assustado, mais difícil me parecia imaginar que o mataríamos a sangue-frio. Era melhor terminar com aquilo logo.

'– Levem-no à guarda principal' – eu disse. Os dois Sikhs aproximaram-se dele, um de cada lado, e o gigante assumiu a retaguarda, enquanto marchavam pelo portão escuro. Nunca um homem se viu tão cercado pela morte. Fiquei na entrada com o lampião.

"Eu conseguia ouvir os passos cadenciados ressoando pelos corredores solitários. De repente eles pararam, ouvi vozes, um tumulto e o ruído de golpes. Um momento depois senti, para o meu horror, um rumor de passos que se precipitavam em minha direção, com a respiração ofegante de um homem correndo. Voltei meu lampião para o longo corredor reto, e lá vinha o homem gordo, correndo como o vento, com uma mancha de sangue no rosto, e rente aos seus calcanhares, saltando como um tigre, o grande Sikh barbudo, com uma faca luzindo na mão. Nunca vi um homem correr tão rápido quanto aquele pequeno mercador. Ele estava ganhando terreno em relação ao Sikh, e era evidente que se ele passasse por mim e ganhasse a rua ainda conseguiria salvar-se. Senti pena dele, mas mais uma vez o pensamento do seu tesouro tornou-me duro e cruel. Joguei o meu mosquete entre as suas pernas quando ele passava, e ele rolou duas vezes como um coelho chumbado. Antes que pudesse ficar de pé, o Sikh estava sobre ele e enterrou a faca duas vezes nas suas costas. O homem não soltou um gemido ou moveu um músculo, ficando ali mesmo onde havia caído. Acho que ele pode ter quebrado o pescoço com a queda. Como os senhores veem, estou mantendo a minha promessa. Estou contando cada palavra do que aconteceu, sendo ou não a meu favor."

Ele parou e estendeu as mãos algemadas para o copo de uísque com água que Holmes havia lhe servido. Quanto a mim, confesso que a essa altura eu concebera o horror maior do homem, não apenas pelo crime a sangue-frio em que ele estava envolvido, mas mais ainda pela forma um tanto indiferente e petulante com que o havia narrado. Qualquer que fosse a punição que o esperava, eu sentia que ele não podia esperar por minha compaixão. Sherlock Holmes e Jones continuavam sentados com as mãos sobre os joelhos, profundamente interessados na história, mas com a mesma repulsa escrita nos rostos. Ele talvez o notasse, pois havia um tom de desafio em sua voz e na maneira como prosseguiu.

– Foi tudo muito ruim, não há dúvida – ele disse. – Eu gostaria de saber quantos sujeitos no meu lugar teriam recusado uma parte desse tesouro, quando sabiam que teriam as suas gargantas cortadas se demonstrassem alguma pena. Além disso, era a minha vida ou a dele, uma vez que ele estava no forte. Se ele tivesse saído, todo o assunto seria descoberto, e eu passaria por uma corte marcial e seria provavelmente fuzilado, até porque as pessoas não eram muito tolerantes numa época como aquela.

– Continue com a sua história – disse Holmes, seco.

– Bom, nós o carregamos para dentro, Abdullah, Akbar e eu. Apesar de baixo, ele era bastante pesado. Mahomet Singh ficou guardando a porta. Nós o levamos para um lugar que os Sikhs já tinham preparado. Ficava a alguma distância, onde um corredor tortuoso levava a uma grande sala vazia, cujas paredes de tijolos estavam caindo aos pedaços. O chão de terra havia afundado em um canto, formando uma sepultura natural, então deixamos o mercador Achmet ali, depois de cobri-lo com alguns tijolos soltos. Feito isso, voltamos para o tesouro.

"Ele estava onde havia caído quando o mercador fora atacado. A caixa era a mesma que agora se encontra sobre a sua mesa. Uma chave estava pendurada por um cordão de seda à alça entalhada no topo. Nós a abrimos, e a luz do lampião brilhou sobre uma coleção de gemas como as que eu lia e sonhava quando era um garoto em Pershore. Era ofuscante olhar para elas. Depois de deliciarmos nossos olhos, tiramos todas da caixa e fizemos uma lista. Havia 143 diamantes de primeira água, incluindo um que chamavam, se bem me lembro, o "Grande Mongol", e diz-se dele que é a segunda maior pedra existente no mundo. Então havia 97 esmeraldas belíssimas e 170 rubis, alguns deles, no entanto, bastante pequenos. Havia quarenta granadas, 61 ágatas e uma grande quantidade de berilos, ônix, olhos de gato, turquesas e outras pedras, cujos nomes eu nem sabia naquela época, mas agora estou mais familiarizado. Além disso, havia quase trezentas pérolas finíssimas, doze das quais estavam encravadas em uma coroa de ouro. Aliás, estas últimas foram retiradas da arca e não estavam nela quando a recuperei.

"Após termos contado as nossas riquezas, colocamo-las de volta na arca e a carregamos para a porta, a fim de mostrá-la para Mahomet Singh. Então renovamos solenemente o nosso juramento de confiarmos uns nos outros e manter o nosso segredo. Concordamos em esconder o saque em um lugar seguro até que o país estivesse em paz novamente e então dividi-lo igualmente entre nós. Não havia sentido fazê-lo na ocasião, pois causaria suspeita se gemas de tal valor fossem encontradas conosco, e não havia privacidade no forte, tampouco em nenhum lugar onde as pudéssemos guardar. Carregamos a caixa, portanto, para a mesma sala onde tínhamos enterrado o corpo e lá, debaixo de alguns tijolos na parede mais bem-conservada, fizemos um buraco e colocamos o nosso tesouro. Tomamos boa nota do lugar, e no dia seguinte eu tracei quatro plantas, uma para cada um de nós, e coloquei o signo dos quatro na parte inferior delas, pois havíamos jurado que sempre haveríamos de proceder em nome de todos, de maneira que ninguém tivesse vantagem. Esse é um juramento pelo qual posso colocar minha mão no coração e dizer que nunca faltei a ele.

"Bom, não preciso dizer para os senhores o que aconteceu com o motim hindu. Após Wilson tomar Delhi e *sir* Colin libertar Lucknow, a espinha dorsal da revolta estava quebrada. Novas tropas começaram a chegar em grande número, e o próprio Nana Sahib sumiu-se pela fronteira. Uma coluna avançada sob o comando do coronel Greathed entrou em Agra e livrou-a dos sipaios. A paz parecia estar se estabelecendo no país, e nós quatro estávamos começando a ter esperança de que havia chegado o momento em que poderíamos sair com segurança com as nossas partes do saque. De uma hora para outra, no entanto, nossas esperanças foram destruídas pela nossa prisão como assassinos de Achmet.

"Foi assim que aconteceu. Quando o rajá colocou as joias nas mãos de Achmet, ele o fez porque sabia que era um homem de confiança. Mas os orientais são um povo desconfiado, então esse rajá simplesmente colocou um outro criado em quem ele confiava ainda mais para espionar o primeiro. Esse segundo homem tinha ordens para nunca perder Achmet de vista, e seguiu-o como a sua sombra. Ele vinha atrás de Achmet naquela noite e viu-o passar pela porta. Obviamente pensou que ele tinha conseguido refúgio no forte e, no dia seguinte, pediu abrigo lá, mas não encontrou nenhum traço de Achmet. Isso lhe pareceu tão estranho que falou a respeito com o sargento dos guardas, que levou a queixa para os ouvidos do comandante. Uma busca rigorosa foi imediatamente feita, e o corpo foi descoberto. Assim, precisamente quando pensávamos estar seguros, nós quatro fomos presos e levados a julgamento sob a acusação de assassinato... três de nós porque estavam de guarda no portão naquela noite, e o quarto porque sabia-se que ele acompanhava o homem morto. Nenhuma palavra sobre as joias foi dita no julgamento, pois o rajá tinha sido deposto e exilado da Índia, de maneira que ninguém tinha um interesse particular nelas. O assassinato, no entanto, ficou bem-esclarecido, e era óbvio que estávamos todos envolvidos. Os três Sikhs foram condenados a uma pena de trabalhos forçados perpétuos e eu fui condenado à morte, apesar de que a minha sentença foi comutada posteriormente para a mesma dos outros.

"Era uma situação bastante estranha a que vivíamos. Lá estávamos nós quatro amarrados por uma perna e com uma chance remotíssima de um dia escaparmos, enquanto cada um possuía um segredo que poderia nos colocar em um palácio se pudéssemos fazer uso dele. Ter de aguentar os chutes e bofetadas de qualquer guarda insignificante e ter de comer arroz e beber água, quando uma fortuna incrível o esperava lá fora para ser pega, era o suficiente para fazer um homem morrer de raiva. Eu poderia ter enlouquecido, mas sempre fui teimoso, e aguentei firme, dando tempo ao tempo.

"Finalmente, pareceu-me que a oportunidade chegara. Fui transferido de Agra para Madras e de lá para a Port Blair, que é uma das ilhas de Andamã. Havia muito poucos condenados brancos nesse povoado, e, como me comportei bem desde o primeiro dia, logo me vi como uma espécie de privilegiado. Foi-me dada uma choça em Hope Town, que é um lugarejo ao sopé do monte Harriet, e deixaram-me quase entregue a mim mesmo. É um lugar terrível, com malária por toda parte, e tudo além das nossas pequenas clareiras estava infestado com nativos canibais, que estavam prontos para nos lançar um dardo envenenado se tivessem a oportunidade. Havia buracos e valos para cavar, batata-doce para plantar e uma dúzia de outras coisas para fazer, de maneira que estávamos ocupados o dia inteiro, apesar de que à noite tínhamos um pouco de tempo para nós. Entre outras coisas, aprendi a aviar remédios para o cirurgião e adquiri um pouco do conhecimento dele. Todo o tempo eu estava atento para uma chance de escapar, mas a ilha fica a centenas de milhas de qualquer outra terra, e há pouco ou nenhum vento naqueles mares, de modo que fugir seria um trabalho terrivelmente difícil.

"O cirurgião, dr. Somerton, era um rapaz brincalhão e desregrado, e os outros jovens oficiais reuniam-se no seu alojamento à noite para jogar cartas. O consultório, onde eu manipulava as drogas, ficava ao lado da sua sala de estar, com uma pequena janela entre nós. Muitas vezes, quando me sentia solitário, eu costumava desligar a lâmpada no consultório e então, parado ali, ouvia a sua conversa e acompanhava o jogo. Eu gosto de um jogo de cartas, e vê-los jogar era quase tão bom quanto estar com as cartas na mão. Lá estavam o major Sholto, o capitão Morstan e o tenente Bromley Brown, que comandava as tropas nativas, além do próprio cirurgião e dois ou três oficiais da prisão, experientes e astutos, que jogavam bem, dissimulados e seguros.

"Bom, uma coisa logo me chamou a atenção: os soldados sempre perdiam, e os civis ganhavam. Veja bem, não estou dizendo que havia algo injusto, mas assim era. Aqueles camaradas da prisão tinham feito pouco além de jogar cartas desde que chegaram nas Andamãs, e conheciam a fundo o jogo um do outro, enquanto os outros só jogavam para passar o tempo e deitavam as cartas de qualquer jeito. Noite após noite, os soldados ficavam mais pobres e, quanto mais pobres ficavam, mais ansiosos estavam para jogar. O major Sholto era quem mais perdia. Ele costumava pagar com dinheiro e ouro a princípio, mas logo começou a assinar promissórias e para grandes somas. Algumas vezes, ele ganhava algumas rodadas só para lhe encorajar, e então a sorte voltava-se contra ele pior do que antes. Durante todo o dia, ele vagava com o humor sombrio como um trovão e começou a beber bem mais do que deveria.

"Uma noite, ele perdeu mais pesado ainda do que de costume. Eu estava sentado na minha choça quando ele e o capitão Morstan passaram trôpegos a caminho dos seus alojamentos. Eram amigos do peito aqueles dois, e nunca estavam longe um do outro. O major esbravejava sobre suas perdas.

'Está tudo acabado, Morstan' – ele estava dizendo quando passaram pela minha choça. '– Vou ter de pedir minha dispensa do exército. Sou um homem arruinado.'

'– Bobagem, meu velho!' – disse o outro, dando-lhe uma palmada no ombro. '– Eu passei por um revés e tanto, mas...' – Foi tudo que consegui ouvir, mas o suficiente para me fazer pensar.

"Alguns dias depois, o major Sholto passeava na praia, então aproveitei a chance para falar com ele.

'– Major, eu gostaria de um conselho seu' – disse.

'– Bom, Small, o que é?' – perguntou ele, tirando o charuto da boca.

'– Eu gostaria de perguntar-lhe, senhor' – eu disse – 'quem é a pessoa apropriada para se entregar um tesouro escondido. Eu sei onde está meio milhão de libras e, como não posso fazer nada com ele, pensei que talvez a melhor coisa que pudesse fazer seria entregá-lo para as autoridades apropriadas, pois assim talvez reduzissem a minha pena.'

'– Meio milhão, Small?' – perguntou boquiaberto, mirando-me intensamente para ver se eu falava sério.

'– Isso mesmo, senhor... em joias e pérolas. Ele está lá esperando quem vá buscá-lo. E o que é estranho é que o verdadeiro dono é um exilado e não pode ter uma propriedade, de maneira que ele pertence a quem primeiro o pegar.'

'– O governo, Small' – balbuciou ele – 'o governo.' Mas ele disse isso de maneira hesitante, e eu sabia no meu coração que o tinha pegado.

'– O senhor acha que eu devo passar a informação para o governador-geral?' – eu disse calmamente.

'– Bem, bem, você não deve fazer nada precipitadamente, ou pode se arrepender depois. Conte-me tudo, Small. Dê-me os fatos.'

"Contei-lhe toda a história, com pequenas mudanças, de maneira que não conseguisse identificar os lugares. Quando terminei, ficou imóvel como um cepo e perdido em pensamentos. Eu podia ver pelos lábios torcidos que ele estava lutando consigo.

'– Esse é um assunto muito importante, Small' – disse finalmente. '– Não diga uma palavra a ninguém, que logo o verei de novo.'

"Duas noites depois, ele e o seu amigo, capitão Morstan, vieram à minha choça na calada da noite com um lampião.

'– Quero que você mesmo conte aquela história para o capitão Morstan, Small' – ele disse.

"Eu a repeti como a havia contado antes.

'– Parece verdade, eh?' – ele disse. '– Vale a pena levá-la a sério?'

"O capitão Morstan concordou.

'– Escute, Small' – disse o major. '– Nós estivemos falando a esse respeito, meu amigo aqui e eu, e chegamos à conclusão de que o seu segredo dificilmente é da conta do governo, afinal de contas, e sim uma questão particular, que obviamente você tem o poder de dispor dela da forma que achar melhor. Agora a questão é: que preço você pediria por isso? Nós talvez estivéssemos inclinados a buscá-lo e pelo menos dar uma olhada no assunto, se chegássemos a um acordo quanto às condições.' Ele tentava falar de uma maneira desinteressada e indiferente, mas os olhos brilhavam de excitamento e cobiça.

'– Ora, quanto a isso, cavalheiros' – respondi, tentando também demonstrar indiferença, mas me sentindo tão nervoso quanto ele –, 'só há uma barganha que um homem na minha posição pode fazer. Eu gostaria que vocês me ajudassem a conseguir minha liberdade e a de meus três companheiros. Nós então os aceitaremos como sócios e lhes daremos uma quinta parte do tesouro para dividirem entre os dois.'

'– Hum!' – ele disse. '– Uma quinta parte! Isso não é muito tentador.'

'– Isso chegaria a cinquenta mil para cada um' – eu disse.

'– Mas como nós podemos conseguir a sua liberdade? Você sabe muito bem que está pedindo uma impossibilidade.'

'– Nada disso' – respondi. '– Eu pensei sobre tudo até os últimos detalhes. A única coisa que impede a nossa fuga é que não conseguimos um barco apropriado para a viagem, nem provisões para durar tanto tempo. Há muitos barcos e iates pequenos em Calcutá ou Madras que nos serviriam bem. Tragam um para cá. Nós embarcaríamos à noite e, se nos deixarem em qualquer parte da costa da Índia, terão feito sua parte na barganha.'

'– Se ao menos fosse um só' – disse ele.

'– Ou todos ou nenhum' – respondi. '– Nós fizemos um juramento. Os quatro devemos estar sempre juntos.'

'– Você está vendo, Morstan'– ele disse –, 'Small é um homem que mantém a sua palavra. Ele não se esquiva dos seus amigos. Acho que podemos confiar nele.'

'– É um negócio sujo' – o outro respondeu. 'Mas, como você diz, o dinheiro vai salvar os nossos postos generosamente.'

'– Bom, Small' – disse o major –, 'nós devemos, creio eu, aceitar as suas condições. Primeiro, é claro, temos de comprovar a veracidade da sua história. Diga-me onde está escondida a caixa, que eu pedirei uma licença e voltarei para a Índia no barco de rendição deste mês para ver esse assunto.'

'– Não tão depressa assim' – eu disse, esfriando na medida em que ele se entusiasmava. '– Eu preciso do consentimento dos meus três camaradas. Eu lhe disse que conosco é quatro ou nenhum.'

'– Que bobagem!', – exclamou ele. '– O que é que três negros têm a ver com o acordo?"

'– Negros ou azuis' – eu disse –, 'eles estão comigo, e vamos todos juntos.'

"Bom, o assunto terminou com um segundo encontro, em que Mahomet Singh, Abdullah Khan e Dost Akbar estavam presentes. Tratamos de tudo mais uma vez e finalmente chegamos a um acordo. Nós deveríamos fornecer aos oficiais dois mapas daquela parte do forte de Agra e marcar o lugar na parede onde estava escondido o tesouro. O major Sholto deveria ir à Índia para comprovar a nossa história. Se ele encontrasse a caixa, a deixaria lá, nos mandaria um pequeno iate abastecido para a nossa viagem, que ficaria ao largo da ilha de Rutland, onde o tomaríamos, e finalmente voltaria para os seus afazeres. O capitão Morstan pediria então uma licença, para nos encontrar em Agra, e lá nós faríamos a divisão final do tesouro, dando-lhe também a parte do major. Tudo isso foi selado com os juramentos mais solenes que a mente podia pensar e os lábios, dizer. Passei toda a noite com tinta e papel, e pela manhã eu tinha os dois mapas prontos, assinados com o signo dos quatro, isso é, de Abdullah, Akbar, Mahomet e o meu.

"Bom, cavalheiros, estou a cansá-los com minha longa história e sei que meu amigo sr. Jones está impaciente para me guardar com segurança na prisão. Vou encurtá-la o máximo que der. O vilão Sholto foi para a Índia, mas nunca mais voltou. O capitão Morstan mostrou-me o seu nome entre uma lista de passageiros em um dos barcos-correio pouco tempo depois. O seu tio havia morrido deixando-lhe uma fortuna, e ele havia largado o exército, mas ainda assim teve a baixeza de tratar cinco homens do jeito que nos tratou. Morstan foi a Agra logo depois e verificou, como nós esperávamos, que o tesouro realmente tinha desaparecido. O canalha o havia roubado sem cumprir com nenhuma das condições sob as quais nós havíamos lhe revelado o segredo. Daquele dia em diante, eu vivi somente para vingar-me. Pensava sobre isso de dia e acalentava a ideia à noite. Tornou-se uma obsessão avassaladora. Pouco me importava a lei... ou a forca. Escapar, encontrar Sholto, colocar minha mão na sua garganta... esse era o meu único pensamento. Mesmo o tesouro de Agra não tinha mais tanto valor quanto matar Sholto.

"Bom, já me propus a fazer muitas coisas nessa vida e nunca voltei atrás. Mas foram anos cansativos até a minha hora chegar. Eu lhes contei que tinha aprendido alguma coisa de medicina. Um dia, quando o dr.

Somerton estava acamado com febre, um pequeno ilhéu de Andamã foi encontrado por um grupo de presos no meio do mato. Ele estava à morte e tinha escolhido um lugar solitário para morrer. Dei-lhe a mão, embora ele fosse venenoso como uma jovem serpente, e depois de uns dois meses curei-o e o coloquei de pé. Ele se afeiçoou a mim e mal voltava para o mato, vivendo sempre em torno da minha choça. Aprendi um pouco do dialeto dele, o que aumentou mais ainda o seu apego por mim.

"Tonga, assim ele se chamava, era um bom barqueiro e tinha uma canoa grande e espaçosa. Quando descobri que ele era devotado a mim e que faria qualquer coisa para servir-me, vi minha chance para escapar. Conversei a respeito com ele. Ele deveria trazer seu barco para um velho ancoradouro que nunca era guardado, em uma certa noite, e lá me pegaria. Dei-lhe instruções para arranjar várias cabaças de água e bastante inhame, cocos e batatas-doces.

"Ele era leal e correto, o pequeno Tonga. Nenhum homem jamais teve um amigo tão devotado. Na noite combinada, ele estava com o barco no ancoradouro. Mas aconteceu, no entanto, que um dos guardas do presídio estava lá... um patane desprezível que nunca perdia uma chance para insultar-me e maltratar-me. Eu sempre jurara vingança e agora eu tinha a minha chance. Era o destino que o havia posto em meu caminho, para que eu cobrasse a dívida antes de deixar a ilha. Ele estava na praia, de costas para mim, com a carabina no ombro. Procurei à minha volta por uma pedra para esmagar-lhe a cabeça, mas não pude encontrar nenhuma.

"Então uma ideia esquisita passou-me pela cabeça sobre onde eu poderia pôr as mãos em uma arma.

Sentei-me no escuro e desamarrei a perna de pau. Com três longos pulos estava sobre ele. Ele levou a carabina ao ombro, mas acertei-o em cheio e afundei-lhe a testa. Podem ver a lasca na madeira aqui onde o acertei. Nós dois caímos juntos, pois eu não conseguia manter o equilíbrio, mas quando levantei-me, ele seguia estirado no chão. Fui até o barco, e em uma hora estávamos bem afastados da costa. Tonga havia trazido todos os seus bens terrenos consigo: suas armas e deuses. Entre outras coisas, ele possuía uma comprida lança de bambu e algumas esteiras de palha de coqueiro de Andamã, com as quais eu fiz uma espécie de vela. Por dez dias nós vagamos a esmo, confiando na sorte, e no décimo primeiro fomos recolhidos por um cargueiro que estava indo de Singapura para Jiddah com uma leva de peregrinos malaios. Era uma gente esquisita, e Tonga e eu logo nos demos bem com eles. Eles tinham uma grande qualidade: deixavam-nos em paz e não faziam perguntas.

"Bom, se eu fosse contar todas as aventuras pelas quais eu e meu pequeno camarada passamos, vocês não ficariam agradecidos, pois eu os teria aqui até o dia nascer. Aqui e ali nós vagamos pelo mundo, e sempre aparecia alguma coisa que nos impedia de vir a Londres. Mas por todo esse tempo, nunca perdi de vista o meu objetivo. Eu sonhava com Sholto à noite. Uma centena de vezes matei-o em meu sono. Finalmente, no entanto, uns três ou quatro anos atrás, vimo-nos na Inglaterra. Não tive muita dificuldade em descobrir onde Sholto vivia, e tratei de saber se ele tinha vendido o tesouro ou se ainda o mantinha consigo. Fiz amizade com alguém que poderia me ajudar, cujo nome ou nomes não vou dizer, pois não quero meter ninguém mais em um buraco, e logo descobri que ele ainda tinha as joias. Então procurei chegar até ele de muitas maneiras, mas ele era muito astuto e sempre tinha dois lutadores, além dos filhos e o seu *khitmutgar*, para protegê-lo.

"Um dia, no entanto, fiquei sabendo que ele estava morrendo. Corri para o jardim imediatamente, louco de raiva que ele pudesse escapar das minhas garras daquele jeito, e, olhando pela janela, vi-o deitado na cama, com um filho de cada lado. Eu teria entrado e me arriscado contra os três, quando vi o seu queixo cair e soube que ele não estava mais lá. Entrei no seu quarto naquela mesma noite, apesar disso, e procurei entre seus papéis para ver se havia qualquer registro de onde ele havia escondido as nossas joias. Mas não havia uma linha. Saí tão amargurado e furioso quanto um homem pode ficar. Antes de sair, pensei que se um dia encontrasse meus amigos Sikhs novamente, seria uma satisfação contar-lhes que havia deixado alguma marca do nosso ódio; então rabisquei o nosso signo dos quatro, como estava no mapa, e prendi-o sobre o peito dele. Seria demais que ele fosse para a cova sem alguma lembrança dos homens que havia roubado e enganado.

"Naquela época, nós ganhávamos a vida exibindo o pobre Tonga em feiras e outros lugares desse tipo como o canibal negro. Ele comia carne crua e fazia a sua dança de guerra, então nós sempre tínhamos um punhado de centavos ao final de um dia de trabalho. Eu continuava a receber notícias de Pondicherry Lodge, e por alguns anos não havia notícia alguma, a não ser que estavam caçando o tesouro. Mas finalmente veio o que havia tanto tempo esperávamos. O tesouro havia sido encontrado. Ele estava no teto da casa, em cima do laboratório químico de Bartholomew Sholto. Fui lá imediatamente e dei uma olhada no lugar, mas não conseguia ver como, com minha perna de pau, eu conseguiria escalar até aquela altura. Fiquei sabendo, no entanto, de um alçapão no telhado e também sobre a hora da janta do sr. Sholto. Pareceu-me que eu conseguiria solucionar o problema facilmente através de Tonga. Trouxe-o comigo com uma longa corda amarrada na cintura. Ele escalava como um gato e logo chegou ao telhado, mas quis o destino que, para sua infelicidade, Bartholomew Sholto ainda estivesse no quarto. Tonga pensou que tivesse feito uma coisa muito esperta ao matá-lo, pois quando subi pela corda encontrei-o orgulhoso como um pavão. Ele ficou muito surpreso quando comecei a surrá-lo com a ponta da corda xingando-o por ser esse diabinho sedento de sangue. Peguei a caixa do tesouro e a desci; então escorreguei pela corda, tendo deixado primeiro o signo dos quatro sobre a mesa, para mostrar que as joias haviam voltado finalmente para aqueles que mais tinham direito a elas. Tonga puxou a corda, fechou a janela e saiu da mesma forma que tinha entrado.

"Acho que não tenho nada mais a dizer-lhes. Ouvi um barqueiro falar da velocidade da lancha de Smith, a *Aurora*, então pensei que ela seria uma embarcação conveniente para a nossa fuga. Contratei o velho Smith e fiquei de dar-lhe uma grossa quantia se ele nos levasse seguros até o nosso navio. Ele sabia, sem dúvida, que havia alguma coisa errada, mas não tinha conhecimento dos nossos segredos. Tudo isso é a verdade, e se eu estou a contá-la, cavalheiros, não é para impressioná-los, já que não me fizeram muito bem, mas porque acredito que a minha melhor defesa seja não esconder nada, mas deixar que o mundo saiba como o major Sholto agiu mal comigo e como sou inocente da morte do seu filho.

– É um relato notável – disse Sherlock Holmes. – Um desfecho adequado para um caso extremamente interessante. Não há nada de novo para mim na última parte da sua narrativa, exceto que você trouxe a sua própria corda. Isso eu não sabia. A propósito, eu achava que Tonga tivesse perdido todos os seus dardos, no entanto ele conseguiu atirar um em nosso barco.

– Ele havia perdido todos, cavalheiro, exceto o que estava na sua zarabatana naquele momento.

– Ah, é claro – disse Holmes. – Não tinha pensado nisso.

– Há algum outro ponto que o senhor gostaria de esclarecer? – perguntou afavelmente o condenado.

– Acho que não, obrigado – respondeu meu companheiro.

– Bom, Holmes – disse Athelney Jones –, o senhor é um homem a quem se costuma obedecer, e todos o sabemos um conhecedor do crime, mas o dever é o dever, e já fui um pouco longe demais ao fazer o que o senhor e o seu amigo me pediram. Vou me sentir mais descansado quando tivermos o nosso contador de histórias aqui bem guardado. O cupê ainda nos espera, e há dois inspetores lá embaixo. Sou muito agradecido a ambos pela ajuda. Obviamente, serão chamados a depor no julgamento. Boa noite para os senhores.

– Boa noite, cavalheiros – disse Jonathan Small.

– Você primeiro, Small – observou o cauteloso Jones ao deixarem a sala. – Tomarei o maior cuidado para que você não me acerte a cabeça com sua perna de pau, como diz ter feito com o cavalheiro nas ilhas Andamãs.

– Bem, e aqui termina o nosso pequeno drama – observei, após ficarmos fumando em silêncio um pouco. – Temo que essa possa ter sido a última investigação em que tive a oportunidade de estudar os seus métodos. A srta. Morstan concedeu-me a honra de aceitar-me como o seu futuro marido.

Holmes resmungou, lúgubre:

– Eu temia isto. Realmente não posso felicitá-lo.

Fiquei um pouco chateado.

– Você tem alguma razão para estar insatisfeito com a minha escolha? – perguntei.

– De forma alguma. Acho que ela é uma das jovens damas mais encantadoras que já encontrei, e poderia ser muito útil em um trabalho como o que acabamos de fazer. Ela tem jeito para isso, haja vista como guardou o plano de Agra dentre todos os papéis do seu pai. Mas o amor é uma coisa emotiva, e o que quer que seja emotivo é contrário à razão fria e correta, que eu coloco acima de tudo. Nunca me casarei, para que isso não perturbe minha capacidade de julgamento.

– Confio – disse rindo – que a minha capacidade de julgamento possa sobreviver a esse desafio. Mas você parece cansado.

– Sim, é a reação que está chegando. Estarei em frangalhos por uma semana.

– Estranho – eu disse – como isso, que em outro homem eu chamaria de preguiça, alterna-se em você com acessos de esplêndida energia e vigor.

– Sim – respondeu ele –, tenho em mim os predicados de um grande vagabundo e também de um camarada bastante ativo. Seguido penso nas linhas do velho Goethe:

Schade dass die Natur nur einen Mensch aus dir shuf, Denn zum würdigen Mann war und zum Schelmen der Stoff*.

"Aliás, *à propos* desse assunto de Norwood, você viu que eles tinham, como eu havia desconfiado, um confederado na casa, que não pode ser outro que Lal

---

* Pena que a natureza fez de ti *um* só indivíduo, embora houvesse matéria para um homem bom e um patife. (N.T.)

Rao, o mordomo, de maneira que Jones realmente tem o mérito indiscutível de ter pego um peixe com o seu grande arrastão."

– A divisão me parece bastante injusta – observei. – Você fez todo o trabalho neste caso. Eu arranjei uma esposa, Jones ficou com o mérito, e o que resta para você?

– Para mim – disse Sherlock Holmes – ainda resta o frasco de cocaína. E estendeu para ele a mão comprida e branca.

Coleção **L&PM** POCKET (Lançamentos mais recentes)

1227. Sobre a mentira – Platão
1228. Sobre a leitura *seguido do* Depoimento de Céleste Albaret – Proust
1229. O homem do terno marrom – Agatha Christie
1230.(32). Jimi Hendrix – Franck Médioni
1231. Amor e amizade e outras histórias – Jane Austen
1232. Lady Susan, Os Watson e Sanditon – Jane Austen
1233. Uma breve história da ciência – William Bynum
1234. Macunaíma: o herói sem nenhum caráter – Mário de Andrade
1235. A máquina do tempo – H.G. Wells
1236. O homem invisível – H.G. Wells
1237. Os 36 estratagemas: manual secreto da arte da guerra – Anônimo
1238. A mina de ouro e outras histórias – Agatha Christie
1239. Pic – Jack Kerouac
1240. O habitante da escuridão e outros contos – H.P. Lovecraft
1241. O chamado de Cthulhu e outros contos – H.P. Lovecraft
1242. O melhor de Meu reino por um cavalo! – Edição de Ivan Pinheiro Machado
1243. A guerra dos mundos – H.G. Wells
1244. O caso da criada perfeita e outras histórias – Agatha Christie
1245. Morte por afogamento e outras histórias – Agatha Christie
1246. Assassinato no Comitê Central – Manuel Vázquez Montalbán
1247. O papai é pop – Marcos Piangers
1248. O papai é pop 2 – Marcos Piangers
1249. A mamãe é rock – Ana Cardoso
1250. Paris boêmia – Dan Franck
1251. Paris libertária – Dan Franck
1252. Paris ocupada – Dan Franck
1253. Uma anedota infame – Dostoiévski
1254. O último dia de um condenado – Victor Hugo
1255. Nem só de caviar vive o homem – J.M. Simmel
1256. Amanhã é outro dia – J.M. Simmel
1257. Mulherzinhas – Louisa May Alcott
1258. Reforma Protestante – Peter Marshall
1259. História econômica global – Robert C. Allen
1260.(33). Che Guevara – Alain Foix
1261. Câncer – Nicholas James
1262. Akhenaton – Agatha Christie
1263. Aforismos para a sabedoria de vida – Arthur Schopenhauer
1264. Uma história do mundo – David Coimbra
1265. Ame e não sofra – Walter Riso
1266. Desapegue-se! – Walter Riso
1267. Os Sousa: Uma família do barulho – Mauricio de Sousa
1268. Nico Demo: O rei da travessura – Mauricio de Sousa
1269. Testemunha de acusação e outras peças – Agatha Christie
1270.(34). Dostoiévski – Virgil Tanase
1271. O melhor de Hagar 8 – Dik Browne
1272. O melhor de Hagar 9 – Dik Browne
1273. O melhor de Hagar 10 – Dik e Chris Browne
1274. Considerações sobre o governo representativo – John Stuart Mill
1275. O homem Moisés e a religião monoteísta – Freud
1276. Inibição, sintoma e medo – Freud
1277. Além do princípio de prazer – Freud
1278. O direito de ser não! – Walter Riso
1279. A arte de ser flexível – Walter Riso
1280. Casados e descasados – August Strindberg
1281. Da Terra à Lua – Júlio Verne
1282. Minhas galerias e meus pintores – Kahnweiler
1283. A arte do romance – Virginia Woolf
1284. Teatro completo v. 1: As aves da noite *seguido de* O visitante – Hilda Hilst
1285. Teatro completo v. 2: O verdugo *seguido de* A morte da patriarca – Hilda Hilst
1286. Teatro completo v. 3: O rato no muro *seguido de* Auto da barca de Camiri – Hilda Hilst
1287. Teatro completo v. 4: A empresa *seguido de* O novo sistema – Hilda Hilst
1288. Sapiens: Uma breve história da humanidade – Yuval Noah Harari
1289. Fora de mim – Martha Medeiros
1290. Divã – Martha Medeiros
1291. Sobre a genealogia da moral: um escrito polêmico – Nietzsche
1292. A consciência de Zeno – Italo Svevo
1293. Células-tronco – Jonathan Slack
1294. O fim do ciúme e outros contos – Proust
1295. A jangada – Júlio Verne
1296. A ilha do dr. Moreau – H.G. Wells
1297. Ninho de fidalgos – Ivan Turguêniev
1298. Jane Eyre – Charlotte Brontë
1299. Sobre gatos – Bukowski
1300. Sobre o amor – Bukowski
1301. Escrever para não enlouquecer – Bukowski
1302. 222 receitas – J. A. Pinheiro Machado
1303. Reinações de Narizinho – Monteiro Lobato
1304. O Saci – Monteiro Lobato
1305. Memórias da Emília – Monteiro Lobato
1306. O Picapau Amarelo – Monteiro Lobato
1307. A reforma da Natureza – Monteiro Lobato
1308. Fábulas *seguido de* Histórias diversas – Monteiro Lobato
1309. Aventuras de Hans Staden – Monteiro Lobato
1310. Peter Pan – Monteiro Lobato
1311. Dom Quixote das crianças – Monteiro Lobato
1312. O Minotauro – Monteiro Lobato